清末民初文獻叢刊

椒生隨筆

[清] 王之春 撰

朝華出版社
BLOSSOM PRESS

圖書在版編目（CIP）數據

椒生隨筆 / (清) 王之春撰. -- 北京 : 朝華出版社,
2018.6
（清末民初文獻叢刊）
ISBN 978-7-5054-4256-6

Ⅰ. ①椒… Ⅱ. ①王… Ⅲ. ①中國文學－古典文學－
作品綜合集－清代 Ⅳ. ①I214.92

中國版本圖書館CIP數據核字(2018)第082736號

椒生隨筆

作　　者　[清]王之春

選題策劃　楊麗麗　尚論聰
責任編輯　劉小磊
特約編輯　秦錦霞
責任印制　張文東　陸競瀛
封面設計　劉敬偉

出版發行　朝華出版社
社　　址　北京市西城區百萬莊大街24號　　**郵政編碼**　100037
訂購電話　（010）68996618　68996050
傳　　真　（010）88415258（發行部）
聯系版權　j-yn@163.com
網　　址　http://zhcb.cipg.org.cn
印　　刷　藝堂印刷（天津）有限公司
經　　銷　全國新華書店
開　　本　880mm×1230mm　1/32　　**字　　數**　58千字
印　　張　10
版　　次　2018年6月第1版　2018年6月第1次印刷
裝　　別　精
書　　號　ISBN 978-7-5054-4256-6
定　　價　70.00元

出版前言

中國自一八四〇年鴉片戰爭以來，傳統的農業文明在西方的堅船利炮轟擊之下徹底被顛覆，有擔當的知識分子苦苦追尋，思索社會改革的途徑。從最初的『師夷長技以制夷』到『民主制度，天下之公理』（梁啓超語），他們發現要『强國富民』，首先要『開啓民智』，衹有民衆擁有了獨立思想和批判精神，國家纔能實現真正的强大。在此後一百年的時間裏（一八四〇—一九四九），思想者們從社會變革深入到國民性的改造，用每一部作品見證着中國近代化的遞變歷程。這是一個極其重要的時代，《清末民初文獻叢刊》正是收録了這一時期的作品，大部分書籍都是早期版本，有着極高的文獻研究價值。

清末的中國經歷了『三千年來未有之大變局』（李鴻章語），大清王朝面對西方列强的艦炮，表現得驚慌失措。尤其是鴉片戰爭，使『天朝帝國萬世長存的迷信受到了致命的打擊，野蠻的、閉關自守的、與文明世界隔絶的狀態被打破了』（《馬克思恩格斯選集》）。一批士大夫知識分子，尤其是在歐美諸國擔任使臣或者游歷的知識分子最先覺醒，着眼于對西方國家的考察，進而反省本國政治制度的劣勢，可以視作『啓蒙』的端倪。如曾擔任駐英公使（兼任駐法公使）的郭嵩燾在《使西紀程》中以日記的形式記録了自己對歐西諸國的觀感，他在考察了英國的政治制度之後，發現英國政府官員收入超過三百磅者與普通老百姓一樣同等納税，他説：『此法誠善，然非民主之國，則勢有所不行。西洋所以享國長久，君民兼主國政故也。』他明確提出了『民主』，在國家的管理問題上，人民也有參與的權利。他在該書中所披露的西方政治、經濟、文化等領域優于大清帝國這一事實觸動了保守派的神經，立刻遭到保守派群起而攻之，進士何金壽彈劾他『有二心于英國，欲中國臣事之』，他家鄉湖南的民衆對他更是痛加詆毁，以至于滿城揭帖，誣蔑他『溝通洋人』，在這種群情洶洶的情况下，朝廷最後下旨將《使西紀程》毁版，從而使該書成了禁書。然而，書雖被毁版，却不能堵死民衆的傳播與閲讀的途徑，上海的《萬國公報》依舊連載該書，張佩綸曾説：『朝廷禁其書，而新聞紙接續刊刻，中外傳播如故也。』從某種意義上來説，啓蒙是時代的需要，盡管清政府發諭旨禁了該書，民衆乃至一些朝廷大員却依舊在私下閱讀，以便瞭解外部的世界。進步的社會是開放性的，任何企圖『閉關鎖國』的努力都意味着歷史的倒退，衹有開放，與整個世界文明保持同等的步伐，纔能實現真正的强國之夢。當大批知識分子走出閉鎖的國門，親歷了文明的洗禮之後，也就把啓蒙的智識帶回了中華大地。容閎的《西學東漸記》，梁啓超的《新大陸游記》，崔國因的《出使美日秘日記》等一大批作品介紹了海外諸國的政治、經濟、軍事、外交、文化。雖然這些作品在認識上仍然帶有時代的局限性，然而却是那時最爲珍貴的聲音。

另一方面，在學術上，中國文化母體内『經世致用』思想與資産階級思想相結合，也唤起了變革，以康有爲、梁啓超爲首的改良派試圖通過自上而下的革新以實現變革。康有爲的《新學僞經考》《孔子改制考》就是借經學之表論資産階級學説之裏的著作，康有爲的弟子梁啓超更是通過《新民説》一書提出國民性改造。與早期啓蒙者『師夷長技』的器物文明引進不同，梁啓超上升到形而上的精神領域，從文化心理上更加徹底地進行變革。梁氏是清朝末年到民國初年一個橋梁式的人物，被譽爲『輿論之驕子，天縱之文豪』，其影響力不但在學術領域，同時還在文學領域，他所倡導的『詩界革命』得到了譚嗣同、黄遵憲、丘逢甲等人的響應，黄遵憲的《日本雜事詩》，丘逢甲的《嶺雲海日樓詩鈔》都體現了這種主張。這一主張要求反映新的時代和新的思想，用『我手寫我口』（黄遵憲語）的方式直抒胸臆，對長期占詩壇主流的擬古主義、形式主義產生了巨大的衝擊，解放了寫作者的心靈和頭腦。

與社會變革同步的是早期對西方思想著作的翻譯，這裏面影響最大的是嚴復，他翻譯的《天演論》《社會通詮》等書直接孕育了民國一代的知識階層。魯迅、胡適等人在文章中都曾提到《天演論》對他們思想所產生的震撼。與嚴復略有不同的另一位翻譯家是林紓，他的譯作雖然參差不齊，但却在更細膩的心靈層次對讀者產生影響，許壽裳曾回憶，他和魯迅都熱衷于林譯的小説，如《巴黎茶花女遺事》《黑奴籲天録》《迦茵小傳》等作品。

辛亥革命之後，進步社會思潮成爲主流，比之清末思想啓蒙者『求存』的追求，民國以來的知識階層深入到了更加細微的肌理，一方面呼喚社會變革，另一方面進行點滴的建設，革命并不能使所有的一切一蹴而就，在更加深廣的領域，事物的改變是由微觀而宏觀。通俗地説，比之于革命，建設的意義更大。如《中國商業史》《中國教育史》《中國倫理學史》《中國哲學史大綱》《中國小説史略》等一大批作品都是進行系統的梳理與建設的理論作品。其中，以胡適和魯迅二人的影響最大，他們的作品一紙風靡，從而成爲新文化運動的主力人物。

《清末民初文獻叢刊》收録的文獻大致上可以分爲三個階段，其中龔自珍、張之洞、魏源、郭嵩燾、薛福成等人的作品可視爲『早期啓蒙』，康有爲、梁啓超、黄遵憲、嚴復、林紓等人的作品可視爲『中期啓蒙』，胡適、魯迅、蔡元培等人的作品可視爲『晚期啓蒙』。當然，這種劃分并非嚴格意義上的，大部分啓蒙思想者隨着時代的變化，其思想在不斷進步。縱觀整個近現代史，可以發現，要求變革不是在某一個領域，由某一類人發起和完成的，而是全社會的要求。變革，已經成爲全社會的共識。

從清末民初的文獻中，我們能够發現一種豐富性。這些作品涉及政治、經濟、軍事、教育、外交、宗教、心理、情感等方方面面，從内而外地净化着中國兩千年以來的封建積習。它不衹是對社會的改造，更是對人心靈的重塑；它首重國家社會之建設，同時亦重靈魂心智之唤醒；它是宏大的，也是微觀的；它是嚴肅莊重的，也是活潑靈動的；這些作品結構精巧，思想内容深刻，擁有濃厚的人文主義色彩，對推動社會主義建設，實現中國夢有重大意義，是近現代中國一百年來最宏富的智識與情感的寶藏。因此，整理這些文獻作品，無論是出于資料保存的目的，還是爲圖書館提供資料副本，都有不可估量的意義。

特定時代下的文獻，當它一旦形成（既指草擬，創作的完成，也指其成爲一個載體），就不可再複製了，也就意味着它將面對消亡。對于文獻資料而言，越接近歷史事件發生的時代記録，越具有研究價值。文獻本身具有不可再生性，它衹會消亡，而不會增多。盡管文獻本身的文字可以保留下來，并進行傳播，却失去了當時的時代氣息。當時的作品可能在技巧上，文字的成熟度上不及當代，但它所負載的信息，創作者的情感都反映了當時的歷史，也就是説，它具有不可替代的歷史意義。

影印的版本有三個特點，第一是擁有文獻的『原始性』；第二個特點是『未經改動的』；第三個特點是『歷史的原貌』。所謂『原始性』，也就是説，它是第一手資料，而非轉述的，回憶形成的；『未經改動的』，是指未被篡改、删節、挖補的；『歷史的原貌』是指在影印製作過程中，完全依照文獻的原來模樣……這樣製作出版的作品，無异延續了文獻的壽命。

近現代思想史上的一個最重大的思潮就是『開放』，從林則徐的『開眼看世界』到蔡元培的『兼容并包』，都是在倡導一種開放式的胸襟。而《清末民初文獻叢刊》最有魅力的部分就是『開放』這一主題，祇有融入到世界文明發展的進程中，中華文明纔能歷久彌新。

《清末民初文獻叢刊》編委會

二〇一七年四月十四日

凡例

一、《清末民初文獻叢刊》（以下簡稱『叢刊』）爲影印本，舉凡所用之底本，均爲該書之早期版本。有清末刊本，亦有民國印本。

二、《叢刊》均依底本影印，未予刪改，僅代表作者個人觀點，不代表官方立場；原刊本有誤，不予校改，以保留文獻之原貌。

三、《叢刊》所用之底本，因時日久遠存在漫漶的情况，均進行了修復；底本闕文、印刷不清，均保留原貌。

四、爲讀者閱讀之便，《叢刊》中之舊底本目録未標記頁碼者，編了目次；原底本有頁碼和目録，未予重複編目。

五、爲保持文獻的原始風貌，影印本保留了原書書影（原書爲多册，則保留第一册書影）、扉頁等信息。所用底本無相應信息者，則不予妄添，以免錯訛。

目録

樹生隨筆

卷一 卷二

光緒七年辛巳秋鐫

椒生隨筆

上洋文藝齋新刊

語言富則文章雜議論遝則事實失往往沈雄博麗光怪陸離而語涉新奇義鮮懲勸有識者弗尚也夫鴻章鉅製自具體裁至於興到筆隨以誌心得偶有覩記藉備遺忘如七襄機斑斕異色如記事珠璀璨肴陳或諧或莊因小喻大豈盡矜心作意哉然胸中有竹絃外餘音作者隨所至而形諸楮墨讀者隨所解而觀其會通有未可以稗官野乘例視者淸泉爵棠子庶乎近之爵棠以不羈之才縱橫南北少事詩書壯年獨留心經濟公卿間耳其名多心折焉故交

游最廣閱歷最深其所以自策勵復勤且敏以文人
親武事筆墨不離左右凡入耳寓目可以資觀鑒者
莫不手錄一通及彙輯成編固皆可傳而可誦蓋以
見聞所周廣學識閑性情維世道人心於不微噫其
文顯其旨微已且吾竊見世之爲筆錄者矣書生好
名動輒著作於時事則無關痛癢於古人則襲取皮
毛辟如借山雞之羽舞鏡何堪斷孔雀之尾張屏不
足即有一二資採擇而支離渺茫令人讀不終篇殊
無謂也椒生隨筆分八卷講學則具有淵源考典則

直探原本論詩則力宗風雅序事則務歸切近類皆爽人心目耐人咀嚼雖不欲存其可得乎因書簡端以質之閱者當不哂余之阿好也

丁丑七月愚兄周壽昌序於都門小對竹軒

夭鼎鐘虡蝕蠹也竹素常炳彪也詞章戒馳騁也踐履務閑馴也故太上三不朽殿以立言君子四未能準於顧行然而傳成劍俠類詳猨叟虯髯錄續稽神競說鼠人螘將義狃一偏語訾多妄可作噱譚之佐難爲覺世之資蒙竊惑焉尠所取也若乃見聞綦富折衷必黜媕㛪蒐輯靡遺綜貫胥徵體用諧莊並列奇正相生金乍擲而地鳴壺欲投而天笑鍼砭愚賤鏤鑄神奸兼述作之才不嫌淺近備聖賢之旨罔苦艱深則　爵棠先生椒生隨筆一書得之先生烏巷

名宗鴻都夙慧清襟蘭郁綵管花生舊學衍船山一
脈黃書用纘箕裘新聞繙稗海千函綠字曾披籀篆
手如銀斷斷心淬金精織義組仁散珠橫錦雖數奇不
偶未登承平著作之廷而遇物能名久擅博雅淹通
之譽逆者逆酋豕突狂寇猙與西北鬻吸東南震擾
先生酬桑弧遠志自署戎馬書生託蓮幕棲身羣推
文鹿博士公卿迭薦牧伯交章符節頻司旌旄屢擁
壯幽燕之重鎮扼江海之要防踞蜈磯浮蝦島蛟龍
避舍豺虎潛蹤公望公才允副國士無雙之目獨來

獨往直到中華以外之天宜其懋建奇勳盡忘結習豈將軍來天上方著翅欲飛復著述徧人間竟不脛而走乎而乃倚鞍爲几磨盾作書飛耳籥音平心察物境無虛接戎樞默筦文樞事不空描戰壘偏張詞壘總集生平所閱歷旁資僚友之流傳博采兼收羽排鱗次法愳令愳嫺掌故於數千百年長歌短歌富胸羅於二十八宿當夫聲停刁斗業理丹鉛刊僞正訛芟煩就簡單詞隻字闡揚潛德幽光大義微言關繫人心世道事憑珠記腋可裘成性情經濟文章範

圍不過嬉笑悲歌怒罵警悟俱深有時現宰官身爲
駃女凝兒說法有時受孔子戒使豎儒曲士斂容綺
麗閒登創懲隱寓幾經意匠用付手民猶復馳翰求
音傾衿下士高張鐵網窮搜大海遺珠廣啟藥籠欲
貯空山小草子建命仲卿作序貴賤忘形延之喜明
遠定評謙沖在抱芻蕘荷采匏瓦思鳴承寵命之時
須慮堅辭之轉妄恭聆緒論知祕書本自虞初謹製
弁言疏短引竊居盧後非鳳凰飢之空歎難容杜甫
於軍中以牛馬走爲前驅願厠鄒枚於席上

辛巳正月祝松雲序於衡郡石鼓講舍之留待軒

家世本青箱蔚然經籍光見聞新耳目遊戲亦文章
記事憑傳述書紳等不忘網羅多掌故隨意付奚囊
碌碌嗤公等因人少重輕君才自名世本色尚書生
著作餘文興謳吟遺宦情匡時多事業行見佐承平

序初譚鈞培拜稿

邇來文士喜荒唐說鬼譚天事渺茫拈出生花一枝
筆性情經濟大文章

湖湘著述重船山祖武箕裘輝映間俟解黃書留墜
緒一齊補綴醒癡頑

據事直陳衮鉞參箇中書味自醰醰偶然涉筆略成

趣藥石鍼砭異腐談

綺語偏饒絶妙辭零縑斷楮拾無遺英雄自是多情

種風月鶯花仗主持

所見異詞聞異詞疑疑信信費詳推拏舟稗海獲津

逮太史輶軒藉取資

消夏無因破睡魔瑯環雒誦耐摩挲列莊妙諦中庸

旨險語何須說老坡

檀浦梁肇煌頓首未定稾

天下形形色色見見聞聞莫不有以開發人之心思警動人之耳目無心置之斯過而不留耳余性魯苦無記誦之學事無大小有可資觀覽助談柄者暇輒筆於書隨得隨記久而裒然成集積以歲月窮控古今然後知後海先河爲山覆簣而於聖賢六經之奧國家治忽之原民生根本之計漸有所窺始悔向日學之不博見之不卓方擬舉付一炬以免敝帚千金之誚而友人謬許爲可存慫慂付梓夫天下之理無窮而君子之志於道也不成章不達故昔日之得不

足以自矜後日之成不容以自限假我數年將擇焉而精語焉而詳所以明學術正人心厚風俗以興平治之事者則有志未逮姑先以此本質之同志名曰隨筆山中白雲祇自怡悅不堪持贈覆瓿燒薪將一任諸覽者

光緒三年丁丑九月爵棠王之春自識於京口軍次

椒生隨筆目錄

卷一

正定府十四屬對句

精忠廟聯

囘文集

張文毅撰聯

板橋詞句悖律

陳畊雲詩

黃雲孫先生詩詞

壑劫

八字官人

椒生隨筆卷一

清泉王之春譔

戒子孫

予七世祖 船山公諱夫之戒子孫云勿作贅壻勿以子女出繼異姓及爲僧道勿嫁女受財或喪子嫁婦尤不可受一絲勿聽鬻術人改葬勿爲訟者証佐勿爲人作呈訴及作歇保勿爲鄉團之魁勿作屠人廚人及鬻酒食勿挾火鎗弓弩網獵禽獸勿習拳勇咒術勿作師巫及鼓吹人勿立壇祀山㺐跳神能士

者士其次醫次則農工商賈各惟其力與其時吾不敢望古人之風規但得似啟禎間稍有恥者足矣凡此所戒皆船山公所深鄙者若飲博狂蕩自是不幸而生此敗類無如之何然其繇來皆自不守此戒喪其惻隱羞惡之心耳

周文忠逸事

周文忠天爵有勇力居恆舞大刀自樂性卞急而至孝每坐堂皇怒而刑人聞太夫人召卽止而退太夫人怒則跽而請罪色愉如也或言公一逸事云公任

漕督時以太夫人久旋里遣幹弁賫金爲母壽囑言是積俸之貲懼太夫人不納也僕至里第見太夫人果詢以金所自來僕具以對太夫人曰得由積俸吾姑受之爾歸語主人好自作官報　國然須變情性爲寬和庶幾留一頭顱爲將來見我地步僕唯唯迨歸見文忠詭言太夫人甚喜且僞作安慰語文忠疑其言畢遽令縛而鞭之僕不得已以實告文忠乃喜釋其縛曰太夫人訓我素嚴豈肯作好言語汝後述者乃眞我母語也我聞之如見母矣遂賚僕而忻

悅者累日公之純孝如此

字經百鍊

予題羨圃詩有秋因諱老施顏色之句友人亟賞之謂諱字經百鍊而出近讀畊樓句云天地矜秋色意與予合而矜字亦百鍊得之者

戚少保遺鑒

沭城書生言曰未有權臣在朝而大將能立功於外者戚少保紀效新書有或問一篇蓋明人積習惟便私圖而不問國事已在事中則攘功避過以身之利

害爲可否以心之愛憎爲是非己在事外則嫉忌成功惡人勝己吠聲結黨倡浮議以掣其肘戚公深鑒於此故反覆論辨之蓋爲當時文臣發也節四庫全書提要

卒以張江陵沒半載讒搆紛沓竟罷歸悒悒以終信乎江陵之非權臣使分宜復起恐戚少保亦岳少保之後車也

惆悵詞

毘陵名士陸秋岩崇蘭懷才不遇賫志以歿詩筆清麗芊緜存稿甚富予見其所作惆悵詞四首錄其三

云娥娥紅粉盡盤鴉亭短亭長記那家紅豆詞殘金縷曲綠蕪影冷玉鈎斜海能填恨思啣石月解銷魂爲葬花一別匆匆如夢裏由來門外即天涯白石青松證舊盟江天何異隔層城海棠只爲愁紅死胡蝶偏教傅粉生已過光陰殊造次未圓心事怕分明八間絕少埋憂地便擬驂鸞上玉京晶簾十丈引遊絲瘦骨青衫嬰母知醉後却嫌天地窄春來便覺性情癡綠波南浦愁江草細雨荒墳唱鮑詩記得小紅猶未嫁合歡不贈贈將離又一聯云蕉葉裁成描蛺蝶

菱花留得嫁鴛鴦句亦新雋

蒙求釋註

唐李瀚蒙求一書以四言韻語類列古人而各繫以事後仿其體而爲之者若王令方逢辰陳櫟凡數家近日通行之龍文鞭影較此詳備而不及其古簡貴陽蔣允之太守爲之釋註所謂日記一事久自貫穿益初學之見聞不是過也

月當頭

萬事不如杯在手一生幾見月當頭前人句也每歲

以十一月望日爲月當頭是日子刻立竿無影他月不然否則常有團圓何必云一生幾見耶憶吳竹橋太史咏月當頭喝火令詞句云笑說今宵明月十分圓笑說今年明月還有一回圓意特新倩

任邸題壁

有人題詩四首於任邸壁上僅記其三聯云花開三蒂從來少梅爲分嘗分外酸願從世界裁紅豆敢向天涯錄小名一枕夢回雙蛺蝶百年人得幾團圓下署蠡莊二字蓋深於情者

嘲潘

崇川潘公子幼隨父宦京師弱冠成翰林意得甚旋里集諸少年爲徵逐游甚至登場演劇有人嘲以偶語云京調唱崑腔這翰林另有班子斯文更曲譜那秀才好箇優生斯可謂善謔矣

詩有來歷

鄭板橋詩鈔中有句云貪看斜陽婢倚樓人謂焉有如此此雅婢予笑曰胡爲乎泥中此誰氏婢也豈如小家之豢於廚下而蓬頭赤腳者哉板橋詩固自有來

歷

輓塔忠武聯

曾侯相輓塔軍門齊布云大勇却慈祥論古略同曹武惠至誠相煦嫗有章曾薦郭汾陽彭雪琴宮保亦有輓聯云謚并武鄉侯湘鄂戰功青史在壽同岳少保忠武以積勞嘔血薨於九江年三十有九古今名將白頭稀相國與忠武同患難而彭公則稍間矣情誼有別辭氣不同而確切莫移則一也

哀輓運典

哀輓以抒眞性自應白描爲妙而運典眞切者如余上歲輓妹一聯撰句云汝性最聰明曾伴阿兄吟柳絮甥儕均稚弱忍看若輩著蘆花

咏曹操

漢陽戴景皋喻讓咏曹操云賣履分香兒女情讀書射獵英雄氣如何横槊對東風老年想作喬家壻予亦有咏曹操云文章功業兩稱奇歷代奸雄奉作師九錫自加尊武帝千金尙肯贖文姬老而不死眞謂賊謁者之監倘有兒聞說當年能治許阿瞞可惜出

非時末二句令阿瞞見之當又大笑

秦檜王氏對語

湯陰武穆公廟前有秦檜王氏万俟卨張俊四鐵像列跪其下反縛如就刑狀有人製一對語其粘於秦檜者云咳我縱喪心有賢妻必不若此其粘於王氏者云啐妾雖長舌無鄙夫何至于斯作互相怨懟口角是亦妙謔矣哉

陳忠愍祠堂聯

陳忠愍化成以江南提戎督軍禦外夷於吳淞中礮

陣亡勅建專祠熊觀察一本題聯云昔時未讀五車書雅量清心温如玉冷如氷是大將實是大儒使天下講道論文人愧死此日竟成千載業忠肝義膽重於山堅於石忘吾身不忘吾　主任世間寡廉鮮恥輩偷生借題發揮大力包舉直是下語如鑄

陳慶雲

陳慶雲軍門國瑞湖北麻城人初爲黃殿臣開榜養子後復本姓驍勇善戰性嗜殺斬庖丁不勝計執刀匕者恆惴惴也歷戰克捷功頗偉嘗語人曰戰要戰

得穩追要追得狠退要退得緊予謂此乃名將語又叻修黃鶴樓擬聯云黃鶴飛來復飛去白雲可殺不可留人怪其下句之奇慶雲笑曰君未讀唐詩乎總爲浮雲能蔽日長安不見使人愁浮雲比安祿山非其可殺者乎雖自作聰明尚有可採

家夢樓先生詩册

予曾於友人處見夢樓先生文治手錄近作一册書法秀勁詩調鏗鏘令人把玩不釋其實獲我心者如破風萬里餘豪氣策蹇三年有淚痕實媿頭銜稱著

作徒教僮僕費饔飧芳草心情淹妓館梅花時節上僧樓英雄温飽有髀肉文士依羈無遠謀員不啻為浪跡半生者寫照也

詩意含蓄

友人潘慎初粵西孝廉積功至觀察有榕陰草堂詩集金陵襍感七律二章詩境閒遠備極含蓄不受前人束縛首云山形平遠水縈洄地到江南氣象開讀史不無興廢感濟時空論古今才眼前勝景非金粉劫後餘灰付草萊尚有近年征戰迹等閒步上雨花

過臺次云恣遊東北遍西南世味親嘗苦與甘名士相江多習氣丈夫投筆總空談清涼近挹青山色妙他閒尋古佛龕我本書生慣戎馬頻年僑寓又何堪江如名利兩途羞畫虎詩文一道付雕蟲詩情敢謂邱山助豪氣難將湖海除春風原野縈荆棘落日林世灌菜蔬花前得句詩情遠亂後談兵膽氣豪飽嘗味休吞棗馳逐名場類嗜痂等句皆可誦

金陵士人

賊陷金陵後聞一士人夙有文名令作僞王府堂聯

士人援筆立就云一統山河七十二里半（金陵週外城計七十二里半也）滿朝文武三百六行全某賊怒殺之嗣以一論一詩開科取士詩題爲四海之內一東王一士人極力作頌揚語僞東王楊秀清大悅賜狀元及第秩同統制遊街之次日卽逸出二士或激烈或明哲均合平道也

宣化風俗

宣化以每歲季春出郭外萬柳踏青男女襍坐席地飲酒墮珥遺簪日昳不禁解裙挂於樹杪曰挂紅遙

望之紅綠飛揚殊有可觀又於五月十四至十六日原爲總戎晾甲之期士人訛爲晾腳會故於此三日無論貧富婦女羣坐於大門以外日必易著新鞵其富厚者日凡四五易遊人指視贊其纖小則以爲榮此俗尤陋

咏村學詩

隨園詩話載有牧童七八縱橫坐天地元黃喊一年之句已形容盡致矣趙雲松先生句云惟有村童讀書聲都都平文喧不已謂錯讀郁郁乎文二字也許文

恪公乃普句云杖藜扶出村夫子多少兒童散似鴉

均是咏村學詩亦足稱傳神之筆

名言不必出自賢哲

今州縣大堂戒石箴曰爾俸爾祿民膏民脂下民易

虐上天難欺按張瑞義貫耳集本二十四句爲蜀王

孟昶語宋高宗摘取之又淸愼勤三字爲司馬昭訓

長史之言見三國志可見至理名言不必盡出自賢

哲

御輓林文忠聯

林文忠一代偉人近罕倫比强疾視師中途星隕天下惜之相傳有　御輓一聯云答君恩忠愼淸勤四十年盡瘁拔誠解組歸來猶是心存軍國迪朕德馳驅險阻六千里出師未及騎箕竟去空教淚灑英雄見者莫不流涕

潘文恭公

潘文恭公富貴壽考亦近時之有一無兩者也公成童時應蘇郡試太守李公器之出句命對云范文公天下爲任公應聲曰韓昌黎百世之師李公擊節拔

冠一軍書其卷尾云此子早安排作狀元宰相矣人

服李公之先識文恭自輓聯云鄉夢久無憑那有閒

情問松菊　主恩懺未報好留餘悃付兒孫時金

陵已遭淪陷公雖予告而歸其忠　君愛國之思

溢於言表

咏譙周

予有咏譙周詩怒罵痛快錄其三首之一云諸葛年

才五十四遐齡高壽乃譙周老而不死眞爲賊降表

煩伊兩次修

周太守

周太守沐潤寄籍汴城以庶吉士散館出宰江南歷任繁劇所至有聲然素負不羈之才未免忽於細行有富金者吳門名妓也嘗贈以聯云我富文章卿富豔兼金聲價斷金交遂爲台諫官糾參迫有事復官宰常熟題堂聯云十日雨五日風歲乃常熟九年耕三年蓄民其姑蘇二聯均膾炙人口後擢守常郡

兒時詩

予九歲初學詩一日遊郡北育嬰堂樓上祀武穆王

神像下跪秦檜等口占一絕云育嬰樓接岳王祠日冷風寒積樹枝扇擊佞臣揮溺罵有人匿笑道予癡塾師見之謂此子後必工吟及今思之眞不脫小兒氣

胡文忠公

益陽胡文忠父諱達源官至少詹事母湯太夫人娠公時夢五色鳥飛集屋後叢張兩翼翔鳴羣鳥從飛啄林中芝草因名林翼字詠芝年八歲陶文毅澍見而驚爲偉器遂以女字之公後以翰林典試江南緣

案註誤家居養晦題齋居聯池圃足高臥圖書供古
歡尋以林文忠敦勸出山乃以知府分發貴州洊擢
至湖北巡撫咸豐十一年七月
顯皇帝龍馭上
賓八月公以勞瘁薨於位曾侯相請以功績宣付史
館疏略云六年十一月攻克武漢以次恢復黃州等
郡縣悉師越境圍攻九江又分兵先救瑞州督撫之
以全力援鄰省自湖北始也後功甫蕆復奏明以
全鄂之力辦皖北之賊越二千里援解湖南寶慶之
圍援湖之師未返又議大舉圖皖先滅髮匪保三吴

之財賦雩敷天之公憒繪圖數十張分致與官文暨諸路將帥晝夜諮謀又云每遇捷報之摺皆不專奏恆推臣處主稿偶一出奏則盛稱諸將之功而已不與焉其心兢兢以推讓僚友扶持善類爲務又云臣與該故撫共事日久相知最深曾奏稱胡林翼之才勝臣十倍近則遇事諮詢尤服其進德之猛不敢阿好溢美亦不敢歿其忠勳等語又輓聯云逋寇在吳中爲　先帝與藎臣臨終憾事薦賢滿天下願後人補我公未了勛名紀實之言誠非溢美侯相眞公

之知已哉

盜鼠兵貓

嘉慶戊寅閩有海濱小盜船竊發兵船大而不能徧
搜阮文達撫閩謂此等如蝗有蝻尤宜撲滅遂雇民
船配弁兵扮作客商專走淺河小港誘緝小匪從此
盜絕有因無盜而議撤者公曰養貓所以捕鼠若無
鼠而不養則鼠又出矣比喻最確

專責集事

嘉慶甲戌歲楊忠武入京　陛見　上問從前

三省軍務湖北陝西四川何以延至十數年之久現在兩次軍務河南教匪陝南饑民之亂何以蔵事之速公對以有專責則事易集　上首肯者再公武人也而一言能發修齊治平之蘊

貧士增減

貧士增減數則可供一噱其語云愁日增意氣日減藥方日增酒量日減奔走日增交遊日減子女日增婢僕日減索債人日增借債人日減典票日增質物日減妻孥怨恨日增帷榻柔情日減市兒牙儈之穢

語日增登臨賞玩之清緣日減厭態日增佳趣日減
慈悲心日增計較心日減予又加四則云詩日增睡
日減案牘日增酒量日減親友獎譽日增田間樂事
日減零碎書畫日增完善玩器日減

椒生隨筆卷一終

椒生隨筆卷二

清泉王之春譔

惜字

外舅蕭公繼昌佐賀耦耕先生長齡於蘇藩任時辦海運先生勤于政除夕觴幕中客執盃問曰有遺事否蕭曰惟一小事尚宜辦之賀肅然曰願聞蕭曰署中字紙灰向不准收飛積厠穢何如以大竹簍盛之發交糧艘帶至津門再擲諸海旣鎮風波又爲惜字之一道推之各州縣亦應遵辦賀爲首肯立卽通飭

照行嗣據州縣呈報合本署所收者共三千四百餘夔先大夫聞知作書有云一言之福公之後其無慮無讀書識字者乎

論加廣學額

戊辰之秋湖北學政張湘濤太史之洞以團練捐輸加廣學額太濫請飭疆臣切實核減部臣變通定章一疏有云初學者略識之無便懷徼倖之想幸中者未嘗學問更無求進之心將向來文物薈萃之區寖變爲荒蕪謭陋之習不學者以爲得計老成者深有

隱憂況人數過眾則官師之約束難取類過寬則士林之流品雜其於士習文風殊有關繫云云夫進取難則眞才出而國强進取易則僞士多而國弱太史之論合乎正本淸源之道矣

正定府十四屬對句

直隸正定府屬十四州縣好事者各綴二字曰正定將軍行唐使者元氏夫人阜平老人晉州客人獲鹿道人井陘童子靈壽仙官贊皇丞相無極大帝平山大王欒城公子新樂公主藁城草寇如小說中之稱

謂然頗覺連貫誠匪夷所思也山左戴紫垣集成對句更見巧思其句云公子何翩翩也喜仙官暗繫赤繩於是夫人議婚老人主盟彼童子無知但憑使者行媒聘定藏嬌公主大帝其巍巍乎賴丞相借籌玉箸因而客人享利道人服敎雖草寇竊發可卜將軍報捷剷平恃險大王

精忠廟聯

武昌精忠廟祀岳王實搠於此康書臣大令撰聯云入其國不非大夫若宋高宗且不論古之人責備賢

著於張魏公又何誅運以史筆下語如鑄

回文集

朱文公劉靜修文集俱有菩薩蠻回文詞隨句倒讀不免意複總不如自尾讀回爲妙邱瓊山濬有秋思回文菩薩蠻詞云紗窗碧透橫斜影月光寒處空幃冷香炷細燒檀沈沈正夜闌更深方困睡倦極生愁思含情感寂寥何處別魂銷謝默卿司馬依調詠春閨云飛花落盡春歸早客遊遨處靑靑草芳樹曉啼鶯愁勞夢又驚魂銷香惹袖翠積眉山皺微顰小立

時多愛意遲遲又張紫蘩寄懷素蘭六妹囘文虞美人云明窗半掩一庭幽夜靜燈殘不得留風冷結陰寒落葉別離長坐倚高樓遲遲月影移斜竹疊疊詩餘賦旅愁將欲斷腸隨斷夢雁飛連陣幾聲秋女士名芬一字月樓

張文毅撰聯

鄂撫青墨卿中丞麐待士卒有恩眾樂為用徇一總兵請移兵就餉入湖南境　天子震怒正法荆州死之日三軍皆哭張文毅芾挽以聯云雷霆雨露總

天恩早知秉節孤忠久拚一死成敗功名皆幻境卽
此蓋棺論定已足千秋九京知此魂其無所恫乎

板橋詞句悖律

百字令收句平可仄平平仄平可仄平平平可仄仄平仄音節
如斯不能改易板橋先生懷古詞有云世間鼠輩如
何裝得老虎上句第三字下句第五字宜平而均易
爲仄既礙口便悖律矣此老自成一家動多率意之
作豈可取法

陳暁雲詩

楚北陳畊雲送唐太守子方之任鞏昌有句云二千石正爲良佐一萬里原是壯遊楊柳歌殘辭鄂渚葡萄酒熟趁涼州工緻極矣楊柳句用韋皐從武昌移蜀事唐亦從武昌赴隴用典雅切

黃雲孫先生詩詞

丁卯夏於都門購得武進黃雲孫先生永詩詞詩名秣陵删僅百十餘首詞名公車詞僅七十餘首春合讀而考証之蓋國初人物也其詩則筆力淸遒不同凡響其詞則意旨雄邁亦脫恒蹊頗於朱王各大

家獨標一幟特錄其聽蛙句云多言勿乃躁羣聚近於爭祁莊句云空庭花習靜深院鳥長飢過有秋堂小飲句云年來貧病無休日說到文章有戒容小樓曉起句云雄心過去翻成俗好夢圓時每自危又花月有情成痼疾山川無恙作深交又一二酒徒盟鐵劵尋常花徑歎銅駝虞美人二闋咏虞姬墓云馬嵬坡下昭君塞幾件傷心外虞姬墓上不須悲猶與項王白首兩同歸垓心一劍香魂渺變作風前草我今折得草歸來欲與斷腸秋色一齊栽英雄自古推劉

季差有人强意一意辟易吕家狐願與食其審老大家夫一姬死後難相顧枉自調聲楚項王聞此目猙獰應與虞姬長笑幾千聲

墨劫

常山王灼齋昶太僕富而有墨癖所藏自唐代迄本朝名煤不下數百種殊珍異之弗輕示人戊午春髮逆突擾倉卒奔避未及攜以俱行寇退亟歸則各墨融煮兩鍋以刷印僞示而用其半翁爲痛哭

八字官人

相傳　高廟精於月旦嘗以同田貫日氣甲由申八字評定人才以決用舍中如貫字氣字爲最得形容之妙能知人者能官人大知固不獨虞舜也

二賢祠

開州長垣之交有閔子騫公西華墓隆阜相望祠祀二賢地藉以名黃河繞流從未沖沒難黎均結茅其上以避水災祠聯云父母昆弟人不間其言宗廟會同孰能爲之大本地風光不煩雕琢

破句別字對語

相傳一紈袴爲宰官者遇童試出對云父母千戈干誤

朕琴朕朕張朕二嫂一童對云達尊三爵一齒一德一

朝廷破句別字竟成絕妙對偶

嘲鹽城令聯

某明府宰鹽城不甚愜民意有人大書聯語粘於照

牆云當時只說此之謂今日方知惡在其可爲一笑

咏楚霸王

鄭板橋先生咏鉅鹿之戰有云項王何必爲天子只

此快戰千古矣後讀康書臣止馬河一詩亦不蹈人

云亦云之習均可爲項王吐氣也其詩云楚人此止馬漢人此得鹿得鹿不必歡止馬不必哭太尉不安劉幾乎易産祿重瞳雖敗亡令人舌難縮楚王不用賢亞父保骸骨漢王能用賢淮陰滅三族楚王有烈妃漢王無賢后貞淫判兩途青史分芳臭鴻門遇高祖不失其爲厚取敗在欺敵故爾功不就後世多滄桑李趙慌忙走作詩慰重瞳江山非漢有

論聊齋志異

衡陽曾畊樓曰聊齋一書效左氏則左氏效檀弓則

檀弓效史漢則史漢出語必古命字必新葉生一則中有尺牘云僕東歸有日所以遲遲者待足下耳足下朝至則僕夕發矣語簡意明效魏晉亦似魏晉也又云聊齋論斷卽後漢論斷楊忠愍一則論云先生生爲河岳死爲日星世多以遇仙爲先生惜然鄙意謂天上多一神仙不若世上多一聖賢此等議論前人未道有功於儒不小又云聊齋善於用典眞如鹽着水中也讀其四六可以見其無一字無來歷又云人知之喪汝德人不知亦促汝壽是絕好語愚謂德

字不如名字又云輕薄之態施之君子則喪德施之小人則招禍此言可以爲佩

謝給諫疏語

儀徵謝夢漁給諫增請誅已革兩江總督何桂清一疏有云何桂清洊任以後惟以張宴演劇爲事常州知府平翰等競進玩戲男謌女舞日集於庭遂置軍事於不問及和春丹陽敗衄退往常州何桂清卽假裝思遁紳民聞信遮道攀留願效死守何竟令親兵開放鎗礮傷死士民吳九喜等二十餘人突門而出

逃至常熟之十里亭縱令兵丁放火劫掠居民鋪戶實受其害迨經奉　旨逮問兩年之久屢奉嚴催始行到部又云迹其所爲旣屬形同寇盜延不就逮尤爲藐視王章云云聞和春軍潰時有營員奔告之何何適舉茶欲飲杯落於地神色無措夫無膽識者必無志節詎解泰山鴻毛之義哉

古人抄襲

秦少游臨江仙詞直抄錢起詩曲終人不見江上數峯青二句宋子京詞問牧童遙指孤村道杏花深處

那裏人家有全取小杜詩借問酒家何處有牧童遙指杏花村句意沈石田啓南老景詩有云今日殘花昨日開此七字與唐崔惠和句一字不易可見古人亦不免抄襲也

論三焦

蓉塘詩話云蘇黃門龍川志云彭山有隱者通古醫術與世諸醫所用法不同人莫知之單驤從之學盡得其術遂以醫名於世驤曰古說左腎其府膀胱右腎命門其府三焦男子以藏精女子以繫包以理主

之三焦當如膀胱有形質可見而王叔和言三焦有臟無形不亦大謬乎蓋三焦有形如膀胱故可以藏有所繫若其無形尚可以藏繫哉且其所以謂之三焦者何也三焦分布人體中有上中下之異方人心湛寂慾念不起心火熾然翕攝三焦精氣入命門之府輸瀉而去故號此府爲三焦耳予後爲齊州從事有一舉子徐遁者石守道之壻也少嘗學醫於衞州聞高敏之遺說療病有精思予爲道騾之言遁喜曰齊嘗大饑郡郭相鸞割而食有一人皮肉盡而骨脈

全者遁以學醫故往觀其五臟見右腎下有脂膜如手大者正與膀胱相對有二白脈自其中出夾脊而上貫腦意此卽道家所謂夾脊雙關者而不悟脂膜如手大者之爲三焦也單君之言與所見悉合可以正古人之謬矣今醫家者流皆執叔和三焦無狀空有名以自信不聞有此說故錄之予謂此論可補諸醫書之闕

別號

古人有字無號別號不知始自何人然別號太多者

幸而名傳後人將不知誰何矣鄭板橋先生云八大名滿天下石濤名不出吾揚州何哉八大純用減筆石濤微茸耳且八大無二名人易記識石濤曰宏濟又曰清湘道人又曰苦水和尚又曰大滌子又曰瞎尊者別號太多翻成攪亂八大只是八大板橋亦只是板橋吾不能從石公矣此論極當

大銜借補小缺

江督曾公國藩奏武職各員大銜借補小缺前經奏准嗣經部駁此次奏補長江水師各缺甚至以提鎮

之銜而借補千把之缺以入營之資格極久列保之
次數較多而家中貧寒如故情願一小缺爲終身衣
食之資統計各省軍營保至武職三品以上者不下
數萬人將來軍事大定各路撤兵此項有階無缺之
員難保不滋生事端同治三年沈葆楨請安置此項
人員自提鎮至都守照實缺例給予俸銀米石
飭下臣議臣以糜費太鉅未經議准或每年將借補
者酌補六七成序補者酌補三四成截至同治二十
七年止此後仍按班序補請 旨將綠營將備借

補小缺一案一併　飭部核議見同治七年三月京抄

折福

程拳石先生謂終日無事寫字讀書亦爲折福予生平最好此二事忙裏偷閒非握一管即把一卷然則予之福折多矣

論軍需報銷

倭相國仁等請以同治三年六月前各處軍需概免册報自七月初一日起事竣後一體請銷疏略有云

其造册按例定之數不溢一絲而陰將款目浮開鉅萬者與例既符即在准銷之列其以實用之數登之銷册而并無絲毫浮冒者例稍未符即難核准然則報銷一事即能獎絶風清而實數不准銷准銷非實數虛文相襲甚無謂也云云實數不准銷二語確切時下虛文之病片言足抵千百

有文在手

益陽胡宮保有文在手如田字劉省三爵帥兩手如指斗文予有文在兩手如井字考唐叔有文在手曰

友曰虞作古文作𠀤劉淵有文在手曰淵彭神符有文在手曰神符張文瀞有文在手曰未故以爲名

劉霞仙中丞自陳語

湘中劉霞仙中丞蓉初以胡文忠密薦嗣在駱文忠幕府又叨薦剡特簡川藩蔣京卿琦齡有愼名器之奏論列及之方伯自陳乞退中數語云民力旣盡尙爲竭澤之漁苛政未除更獎催科之績事非出於得已情實迫以難堪確切沈痛是謂不忍人之言

昭雪故相

柏靜濤相國葰 清廉端正不阿肅順肅頗銜之咸豐
戊午典京兆試以失察家丁靳祥 舞弊肅順竭力搆
陷己未二月十三日 特宣情有可原法難寬宥
言念及此不禁垂淚之諭遂與羅鴻繹 等同棄市觀
者流涕監刑者肅順暨趙公光 也趙則悲泣不勝肅
則揚揚得意都人痛恨肅順始此 今上御極肅
順等伏法任侍御兆堅 以栢公情罪未明奏請昭雪
有云永建嗣統先明楊震之忠隆慶改元即贈夏言
之謚又云爾時承審之載垣等意在攬權多方羅織

蘄祥之口供未吐交關之實跡毫無附會科場妄議
定案云
云　諭旨通行中外欽悅

淮海秋笳集

淮海秋笳集詞爲甘泉李氷署所輯共十二家都爲
哀怨之音蓋因兵燹仳儺有感而作也氷署自序有
云雍門之操非媚賞於聾俗車子之奏期躐佞於溫
胡苕調文心是所望於瓠俞之聽也云
云我也目斷
湖山魂驚鼙鼓偶披此卷輒愴予懷以名作如林分
選誌賞蓋擲新亭之淚步石帚之塵不僅以搓酥摘

粉爲工也

李韋二逆禍本

道光戊申吾湘新甯令李博不羈勒價二千文一石六年差役訛詐雷再浩之妻羨以致李沅法乘時倡亂廣西桂平韋正因讒隱忍仕郎匾額疊次訛詐因倡亂後稱北王官吏詐贓實爲禍本嗟乎地方不安由官邪也犯上作亂是誰階之厲乎

養氣

聖賢工夫以知言養氣爲主而氣之難養總由七情

六欲不能制耳何也怒則氣上喜則氣緩悲則氣消恐則氣下寒則氣收炅則氣泄驚則氣亂勞則氣耗思則氣結善養則無是矣

椒生隨筆卷二

椒生隨筆目錄

卷三

鏡花緣
甘肅需次咏
勝敗
秦檜無後
軍營積習
忍
盧州人物
咏太宗
傲骨

衢州聖裔

椒生隨筆卷三

清泉王之春譔

日記

予日記晴雨及瑣事人都笑之嘗觀國初周文襄公刊有日記十數卷敘事略備後曾文正公亦手書日記蓋公才識固優於人其勤慎專心於公事蚤起晚眠皆有恆心實非人所能及者見公在任時月置一簿自書日行纖悉不遺每日陰晴風雨亦必詳記人初不知其故一日臬司詳稱某縣民告糧船江行失

風京控一案公察其失船爲某日午前午後東風西風詞情兩歧公一一批駁其日時風候讞官驚服從新翻訊詐遂不得逞觀此則古人亦嘗爲之惟予不能如文正公之有作用耳

論將

太公曰存亡之道命在於將後世多委之功勳之胄而廉能勇略者不與焉此輩習紈袴而厭膏粱詢以韜鈐不知何物目未辨旌旂之色耳未聞金鼓之音身未經鋒鏑之交足未履沙場之地易曰師貞丈人

吉而以弟子主之能勿取輿尸之凶乎太公爲逆料語而眞切如此恐太公前已有此一流人物

金牌鋪題壁詩

金牌鋪距趙州八里無名氏題壁云十二金牌驀地來將軍奉詔不疑猜金人狡獪原無比天子昏庸實可哀和虜議非今日定殺公端不此時開迴思密語終宵候已見官家忌將才論古有識詩亦倜儻

壽陶宮保

陶雲汀澍宮保以十月生六旬壽時已督兩江某觀

察一聯大爲宮保所賞懸之首座其句云八州都督五柳先生經濟文章歷代心傳家學遠六秩初周一陽來復富貴壽考百年身受　國恩長

黃仲則詞

黃仲則詞近髯蘇頗有鐵板銅琶唱大江東去氣槩集中惟步蟾宮一闋忽變體爲柔曼之音才人眞無所不可也其詞云一層丁字簾兒底佯繡著花兒不理別來難道改心腸便話也有頭沒尾蘭膏半滅衾如水陡省起夢中情事可憐夢又不分明怎得箇從

新作起

奏謙

漢宣帝欲以張安世爲大將軍安世曰老臣自量不
足以居大位繼大將軍後上笑曰君言大謙倍謂人
辭遜者曰大謙太當作泰

鍾學士疏語

同治六年夏大旱鍾學士佩賢抗疏請納直言以資
修省有云伏覩近者夏同善諫　幸惇王府第
諭旨稱循舊章以折之倭仁諫修同文館　諭旨

令酌保數人另立一館以難之此二事在　聖心原有權衡而羣臣遂不無疑惑謂　朝廷開言路之時而迹似杜言者之口謂大臣盡匡弼之義而轉使有自危之心臆揣私度未能相喻誠恐敢言之氣由此沮唯阿之習由此開此臣之所大慮也奏上

優詔容納從繩之風于今爲烈矣

論捻

胡文忠密陳河南捻匪情形一疏有云計近二年來每年春仲秋季兩次出巢大掠河南本年秋冬將及

湖北之襄陽漢陽德安等府又必擾入陝西山東山西等省再一二年駸駸而及于附畿州縣矣腹心之患此爲最大又云臣非僅爲襄漢等府作自保之計爲憂危之詞也臣極知所言越分特以臣今日言之已無救於河南臣再默而不言則五省均將受害使臣言而不中則固北路五省之福也等語第就河南而推論之全局在掌料事如神僅以知言目公猶淺也

挽陳二山聯

陳二山詩畫兼長而以一衿困場屋曾隨高螺舟觀察人鑑游琉球後以修志之役歿於西江士林惜之方雲泉鷺挽聯云名士嘔肝修史筆故人揮淚拜羈魂

咏錢串子

洪洞韓春塘經咏錢串子云出身原自遍麻地一到人間萬事宜莫怪無端便拋却多因不自有錢時意涉科諢隨園咏錢云一代帝王留字去萬般人事讓兄驕咏物抑何顯切

求官詩

于清端成龍求官詩云書生終日苦求官及作官時步步難窗下許多懷抱事何曾行得與人看役志功名人見此必退一步想

女戎

桀之妹喜紂之妲己幽王之褒姒三代均以致亂故曰女戎洎有明亡而 國朝興又屬陳圓圓一人甚矣女子之繫成敗也迦陵過投金瀨懷古詞有云覆楚爭誇伍相沼吳又說西施淮陰往事亦如斯成

敗皆由女子其旨深矣

而字

昔聞一試卷文多而字房考批云當而而不而不當而而而而今而後已而已而陳丈問雲曰而字如釘鈀然用之當則爲犂地土鬆而秧插矣用之不當則爲擊人迎頭一鈀未有不致死者此論最妙

張文端楹聯

張文端楹聯一云造物最忌者巧萬類相感以誠一云富貴貧賤總難稱意知足即爲稱意山水花竹無

恆主人得閒便是主人文和公廷玉澄懷園語載有人集論孟二語云約失之鮮矣誠樂莫大焉此三聯耐人諷咏

戒洋烟詩

同鄉張琴舫有戒洋烟詩六首漢陽學博徐南墅者謂有關世道人心刊入文集其詩云海船連檣載與俱禍人泥土等金珠阿誰作俑宜無後繼此傳燈實有徒始為尋歡成若趣久思沒計出迷途 朝廷懲典森嚴甚闒吏如何有漏租藏嬌合築避風臺高

臥經旬戶孏開涉世早知身是幻捫心甘與汝同灰
殘更落月天將曙冷雨敲窗夢乍迴親故交疎妻妾
怨沉思總覺爲何來髮漸飄蕭眼漸花形骸土木骨
槎枒頻驚下淚同歧路轉笑垂涎爲麴車病久竟無
方可療價高非必酒能賒明明泉壤君尋去萬劫難
迴一念差破忿捐憂引睡魔百年投老此中過昏鴉
片片飛三匝香霧濛濛占一窩舊日家曾炎海住平
生緣結富兒多只愁漏盡鐘鳴後獨抱空囊奈爾何
瓊簫錦瑟并橫陳玉琢金裝考製新到口便醫心上

病行雲頻現掌中身百年有盡先拚命寸鐵無鋒慣殺人怪底一燈青似豆夜深風雨化陰燐白楊青會冷似冰蕭然情味守龕僧簷牙月黑風搖戶屏角聲低鼠瞰燈籠以專房如愛妾交原同氣比艮朋張衡近日文機澁補作圖經愧未能

李密不矜名節

晉李密常望外轉而朝廷無後命乃遷漢中太守自以失意懷怨及賜餞東堂詔賦詩末章曰人亦有言有因有緣官無中人不如歸田明明在上斯語豈然

武帝怨之免密官卒於家密眞小丈夫也始終不出豈非完名全節之人哉世每以其陳情表稱重之表中不云乎本圖宦達不矜名節是二語者先生自道也

論士大夫

李少荃爵相以内官論江蘇釐捐事復陳一疏有云士大夫習爲章句帖括輒囂囂然以經術自鳴攻訐相尚尊君庇民一切實政漠不深究誤訾理財之道爲朘削妄擬治兵之人皆恃勢顚倒是非混淆名實

論事則好從苛刻任事則競趨巧僞一有警變張皇
失措俗儒之流獘人才敗壞因之此最可憂士大夫
讀萬卷書每好苛論時政究之坐而言者未必起而
行爵相之言非過激也

滇總督

陝甘總督楊忠武遇春入覲　宣廟一日　上
忽問曰汝公事之暇尚看書乎對曰臣不識字
上又曰然則飲酒乎對曰臣不善飲　上曰汝將
何以自遣對曰聽打鼓說書　上曰聽說書固好

如公事何對曰錢穀責之藩司刑名責之臬司兵政責之提鎮臣總其成而已　上大悅曰眞總督也

禪機聯

查孝廉伊璜禪機聯云憑你猜拳是了是了又是了邳眞消息還在別家倩人搔背上些上些再上些咦假痛癢總歸自己語云求人不如求己儒釋一理也

年大將軍詩

年大將軍功蓋一時而詩不多見僅見其題楊紫宸小照一絕云魑魅隨身總等閒肩挑龍虎亦徒然羨

君這副超凡骨不鍊金丹也是仙自是傲岸不羣

胡文忠撰聯

曾滌生侯相之封翁逝世胡文忠挽聯云　帝與

重臣澄清江漢天留大老笑傲扶桑措語莊雅得體

徐樹人中丞

通州徐樹人宗幹咏炭句云一半黑時還有骨十分

紅處便成灰中丞以縣令起家居宦海者數十年中

間不得差事委署者凡三載所謂人情如紙薄宦情

薄於紙者透達極處紛紛肉食之徒見此不啻棒喝

聖人云能近取譬其中丞之謂乎

論流寇

曾侯相嘗有論曰千古流寇無良策夫流寇猶流水也迎而激之逐而搏之則横決氾濫爲天下患但壅之使不得流賊自涸矣故九江安慶江浙直東等處長圍困賊而賊隨滅皆本乎此

茶亭飯肆聯語

湖湘間有茶亭而售酒者柱聯云爲名忙爲利忙忙裏偷閒喫盃茶去勞心苦勞力苦苦中作樂斟碗酒

來見之爽然又吾鄉泉溪市新開飯肆其門聯云富似石崇不帶半文休請客辯如季子說通六國不容賒見之粲然

聖祖賜聯

聖祖賜張文端英聯云白鳥忘機任天外雲舒雲卷青春不老看庭前花落花開想見 主聖臣賢賡謌颺拜極一時之盛也

北音無入聲

塡詞淺說云南曲自有南方之音若遵周氏北方音

叶之則謌龍爲東謌玉爲御綠爲盧宅爲柴落爲潦責爲哉不爲補角爲敎鶴爲號聽者有不掩耳而走哉許蓮君表兄云北音無入聲惟車夫欲車行之速則呼曰嘎音同夾眞入聲也舍車夫無辨之者予留心審聽之果信

駱龥門制軍

川督駱龥門制軍秉章以同治六年十二月十七日薨於位崇樸山實奏聞中有語云駱秉章因病在告每遇邊防有事無不與臣悉心籌畫往返商度至

再至三若思慮不周便覺寢饋難安又云其所以能得人能制寇之故要皆推誠布公上下相感一時才俊輩出至今將帥之臣大都駱秉章拔擢而楚軍効用四方駱秉章所感起而奮興者居多是其勳名冠一時正不僅川楚士民實身受其福雖婦人孺子亦皆謳思不絕等語一筆寫來言之出於至誠者也

剔牙籤

道光間蘇州山塘有老夫婦削柳木爲剔牙籤以此致小康似此物爲古時所無近讀趙文敏詩云食肉

先尋剔牙籤則宋元時已有之矣

黑相公

京伶之冷落者號黑相公好事子咏之云萬古寒酸氣都歸黑相公打圍何寂寂應局故匆匆飛眼無專斗翻身即軟篷忽聞條子到喜色上眉峯有湘蘭者亦黑流也友人朱君獨賞之大爲稱美後以其呼爲老頭兒朱遂大愠乃絶之寄來一詩云梨園聲價重京師南國人來罄旅資夙債已償淸興減頭銜博得老頭兒此語蘊藉不似前作之輕薄也

野戰

上古不尙野戰而尙陣法自楊侯遇春募勇剿賊始尙野戰而陣法廢今則火器爲先精益求精無過於洋鎗洋礮是以披堅執銳之士血戰數十年不知陣法爲何物

湖口昭忠祠

彭雪琴宮保建水師昭忠祠於湖口之石鐘山門聯云忠臣魂烈士魄英雄氣名賢手筆菩薩心腸合古今天地之精靈同此一山結果蠡水烟溢浦月潯江

濤馬當斜陽匡廬瀑布挹南北東西之勝景全憑兩眼收來是謂氣盛則言之短長與聲之高下皆宜

李次青方伯四六

李公元度接統徽州防軍以代張文毅芾甫三日而軍潰徽郡失守曾侯相恚甚奏請擬正軍法奉旨從寬戍邊其實侯相深愛其才非果欲殺之也方伯謝罪稟有云君子原愛人以德覆之而又培之宰相有造物之權知我何殊生我侯相援筆批其後云好四六好文章好才情

楊忠武公

楊時齋制軍遇春母李太夫人夢大水泛一紅匣至中雙鯉一金一赤遂生公迨年十八以乾隆己亥舉武科後補千總隨福文襄康安出兵文襄令從海公蘭察學兵法故公一生心折海公每逢大敵夢文襄必占捷教匪久亂未平有

旨切責將帥威勇侯額公勒登保奏言楊遇春年甫四十鬢髮半白每於追奔之際足穿草履縋繩而上將士不可謂不用命矣屢以戰功擢提督封一等男嘉慶己卯八月

陛見　上見公長髯稱美者再公弟培齋逢春時
鎮曹州　特命出京紆道至曹簡閱營伍道光初
上以先朝勳舊　恩眷尤隆公遂以固原提
督總督陝甘　陛見出都命赴河南閱兵以公子
國楨任豫撫也治同疆平公得畫像　紫光閣
御製像贊云少年從征進不知退拍馬橫矛善穿
賊隊參贊戎機克城賊潰畀以封疆無慚簡在公督
陝甘凡八載務持大綱而不涉煩瑣恪守成憲而不
議更張屢　旨褒爲股肱心膂之臣並　賜有

三朝疆場宣勤久兩世封圻積慶多對聯乙未以老
病乞休令來京　　陛見親加慰勞以榮其行公抵
京即晉一等昭勇侯　　御書詩扇以　　賜云元
勳入覲允歸榮功立才全際太平宣力三朝邀寵錫
抒忠百戰播威名官兼文武眞難遘志篤廉明永不
更晉爵酬庸延後世林泉頤養語長生歸里後搆一
小亭前爲箭道每逢三八五十等日督家人較射爲
樂其楹帖云坐來覺有山林氣到此無忘弧矢心丙
申冬蒙　　賞人葠十兩令川督鄂山賫給謝摺內

誼直視如手足腹心句旁　硃批誠然誠然丁酉
二月公薨年七十八　晉太子太傅兵部尚書諡
忠武　御製祭文有云憶蒼髯之矍鑠音容猶在
目前報黃髮以馨香眷念彌增身後功名福壽公實
兼之古之郭汾陽今之楊昭勇也

童夫人

龔芝麓宗伯納妾顧橫波媚龔仕　國朝當得封典
妻童夫人曰我於前明已受封誥願讓顧氏橫波遂
得受　封予謂夫人克兼三善蓋不妬為賢讓亦美

德而榮膺勝國不欲再受　新恩此中見大義焉
宗伯公能無内愧耶

陶詩

沈歸愚先生德潛曰過江以後淵明詩胸次浩然天眞絶俗當於語言意象外求之唐人祖述者王右丞得其清腴孟山人得其閒遠儲太祝得其眞朴韋蘇州得其沖和柳柳州得其峻潔先生之論鉤其元矣是謂觀水有術必觀其瀾

四嬋娟

孟東野詩花嬋娟泛春泉竹嬋娟籠曉煙雪嬋娟不長妍月嬋娟眞可憐其辭風華秀艷有古樂府之意雪嬋娟今本或作妓嬋娟非也昔楊升菴嘗令繪工繪此爲四時嬋娟圖以花當春以竹當夏以月當秋以雪當冬後之人亦有此韻事否

椒生隨筆卷三終

椒生隨筆卷四

清泉王之春譔

自警箴

高伯祖中翰公諱光國字梅浦雍正乙卯科中第四名經魁著有自警箴云勿自足自足自畫勿多言多言多失勿宴安宴安氣惰勿玩物玩物志溺勿爲詭異以沽虛名勿矜細行以累大德勿親損友遠益友勿作無益害有益勿苟安於近小當志乎遠大之事勿欣戚於窮通當盡其在己之實顧以七年之病而

求艾於三年詎可一日之暴而寒之以十日聖學遐如望洋流光疾如過隙揭斯語於齋居用警勉於朝夕辭理樸質凡我子孫皆宜書置座右以爲身世金鍼

十分本事

紀效新書平日十分武藝臨時如用得五分出亦可成功用得八分天下無敵未有臨陣用盡平日十分本事不能從容活潑者諺云到廝打時忘了拿法本事豈易言哉予謂十分本事古難其人八分本事今

無此將戚公殆自信用得五分然以求之近世吾見亦罕矣

勝克齋宮保

同治壬戌勝公就逮赴京道經山西橋頭驛題壁云豪華豔說五陵遊燕頷何人更虎頭百戰雄心馳露布一時將畧寄風流敢拚直諫扶中葉愧播虛名動九州四十鬢眉猶未老休嗟李廣不封侯玩其詩意似有功成者退之象時人謂爲讖語正不如岳襄勤鍾琪所作只因未了平生業又作封侯夢一場二句

之爲含蓄也

香匳雜咏

見詞一卷不知何人作一剪梅送別下闋云莫到臨邛撫素琴欲向丁甯羞向丁甯但將魂夢伴郎行郎也登程妾也登程鵲橋仙春恨下闋云愁腸百折雙眸望斷依舊天涯無信楊花飛去不飛來恰似你一般情性情詞婉約與竹屋相近

治囘艮策

任尙亦俊快之才疾惡太嚴終漢之世西域不復與

中國通至本朝聲教覃敷四夷賓服然前烏什大臣蘇公貪淫釀變遂勞王師自此無西顧憂者又數十年今則梗化如故大凡回性疑詐其言尤不能信即處其同類亦然待之厚則謂人畏己待之嚴則懼人害己惟以簡傲加之而時施以小惠庶幾生其畏敬員治回良策也予昔聞西域土俗每不甚信上年轉運秦隴退居邊塞逢人訪證信而有徵其餘泰西各國異域土俗新疆外藩紀略得之備細

湯海秋銓部

湯公鵬著述甚富才氣橫溢目空一世似不理於衆口歿後曾侯相輓以聯云著書累百千萬言才未盡也得謗遍一十八省名亦隨之數言紀實寫盡其人

林文忠語

侯官林文忠公則徐復起督雲貴時曾上論治回一疏中有但分良莠不分漢回良則雖回必保莠則雖漢必誅使爲大臣者均克體公意以措治則滇黔秦隴邊釁永消何致糜餉勞師上煩宸慮耶

閑談可作楹聯

乙亥卽事有人言某君任文事兼武備之權且天分又高可惜少讀書某君精明果敢可惜太刻予道非也天分果高必知書中滋味自然篤嗜精明者知其事之徹始徹終當可而止何必過於搜求苛求太苦必致自累其身故對云少讀書便是低天分行刻薄眞乃大糊塗擬之作楹聯最佳

觀書穎悟

旅館挑燈檢得漢諸葛武侯誡子書讀至非澹泊無以明志非寧靜無以致遠句憶少時壯志未除每謂

天下事業功名悉成於動非澹泊寧靜四字所能該迄今閱歷名場十餘年始悟　國朝用人行政井井有條無如才高意廣者好事紛更一見施行輒多格閡不數年仍罷而未罷之前滋擾已甚受害不淺殊不知大學靜而後能安之義且濃於聲色生虛怯病濃於貨利生貪饕病濃於功業生造作病濃於名譽生矯激病故不澹不能明志武侯具伊呂才宗孔孟學其平生得力處盡此二語允爲後學津梁彼世俗以術數兵法稱其奇能何見小也偶有所悟援筆記

之童子欠伸報漏已傳丁矣乃掩卷就寢

趙部郎

常熟趙寶齋林以進士簽分禮部丙寅年與余同事澶淵軍中結文字緣為人堅毅樸質精通史鑑偶作小詩句必錘鍊而出所謂無一字無來歷也送予赴秦隴一律云文才兵事兩稱豪局促轅駒愧我曹擊賊異時聞傳永飛觴此日賴枚皐邊庭好費屯田策上將寧忘借箸勞別果銷魂休灑淚看君功遂擁旌旄

黃公疏語

黃勤懿公鉞歸田後蒙　賞人葠其謝　恩疏語云老馬尙蒙芻秣朽質難勝暮年已迫桑榆夕陽尤好又云譬寒蟲之蟄處飮膏雨而頓覺昭蘇縱枯樹之婆娑遇春風而亦含生意先輩文字迥不猶人

得人

自古政以人行得人爲要人之賢否高下先觀心術再觀其才識學問如心術之邪者自必不論即正也而視斯民之休戚時事之得失如秦越之肥瘠漠不

相關縱潔己奉公保守祿位於斯世何補近世名場可爲浩歎

水龍

天津向多火患城內外救火會凡百餘處每會以水龍爲主多寡不等原始不可考蓋古無此名也甌北詩中巽宮樓火之作有云四十三龍救不得掣水五丈力亦窮自註云救火具名水龍

張江陵

千古權奸私心必有所利若無利欲之念卽不得以

權臣目之甌北咏張江陵云江陵至竟稱賢相只愛持權不愛財誠爲破的之論考江陵曾孫同敞與瞿忠宣式耜守桂林同被執幽之民舍兩人賦詩唱和四十餘日同就戮於風洞山賢者有後理固然也

老頭兒

徐禎卿翦勝紀聞云太祖嘗微行京城中聞一老嫗密呼上爲老頭兒帝大怒曰張士誠小竊江東吳民至今呼爲張王今朕爲天子居民呼朕爲老頭兒何也相傳乾隆間有人呼　上爲老頭子爲　上

所聞　上曰何解劉文正公對曰萬壽無疆曰老首出庶物曰頭父天母地曰子　上粲然觀於一怒一喜　高宗之度越明祖也遠甚

鏡花緣

小說之鏡花緣是欲於石頭記外別樹一幟者然賣弄稗販剌剌不休殊可厭也惟女國主壻歸迎母一表中四語云指白水而重耳歸來猶是山河無恙誓黃泉而寤生重見遂爲母子如初工雅渾成幾似宋人佳製

甘肅需次詠

近年甘肅軍務多藉吾楚勇力即官斯土者亦大半兩湖人也聞有需次詠云數載聽鼙鼓于今盡蓋鍋囊中無白鏹地下有黃河飽學將焉用奇勳又若何不能生在楚只好見閻羅語雖鄙俚然亦足見宦海之苦時事之艱矣

勝敗

虎鈐經勝敗一則云用兵之術戰勝不可專專勝有必敗之理戰敗不可專專敗有反勝之道戰勝而敗

者有五急難定謀狐疑不決一敗也機巧萬端失於遲後二敗也機事不密三敗也似勇非勇似怯非怯四敗也主將不一五敗也戰勝而欲必勝者定謀貴決機巧貴速機事貴密進退貴審兵權貴一也勢敗而反勝者有四吏士饑渴所愛陷之謂所愛者在急難之中殺所乘駿馬愛妾以陷士也眾有飽之用矣吏士恐懼奮身先之眾有勇之用矣期應不到殺其所昵所昵者謂所嬖倖或子弟諸姻同在軍中若有主守者犯命則先殺之也眾有懼之用矣人有疑惑陰爲鬼詐鬼詐者謂詐爲狐鳴叢祠中之類也或假託卜筮百端不一眾有天之用矣天謂

天所授也如是者以敗爲勝也勝敗之術非勇決神智安能行之耶所論可謂深切著明而四用皆據前人成效而言尤非漫爲紙上談者

秦檜無後

秦檜無後以妻王氏兄子爲子名熺有才華舉進士賜狀元及第人謂錫山秦氏爲檜後不知天已斬其祀矣

軍營積習

朝邑閻丹初中丞敬銘跋胡文忠集云吾聞江南未

敗時和鄧諸帥錦衣玉食倡優謌舞其廝養皆賤紈絝吸洋烟莫不有桑中之喜志溺氣惰賊氛一動如菌受斧斤然則固有履危險而仍不知懼者矣如文忠能幾人哉等語痛揭軍國受病之由近日軍營積習大率類是

忍

魏無忌忍於執轡而成破秦存趙之功張子房忍於取履而伸破秦滅項之志張釋之忍於結韈而受全身脫禍之福古人書百忍於坐隅良有以也予又曰

忍字頭上一把刀如刃剚心其功夫最不容易

盧州人物

盧州人物之盛明初則巢縣有楚國公廖永安虢國公俞通海合肥有蔡國公張得勝無爲有永義侯桑世傑皆著精忠大節今則合肥節相督師以來名將名臣聯翩而起地靈人傑良非偶然

咏太宗

友人咏唐太宗云弑兄殺弟納弟婦此人直無一好處史册彰彰究何故出來誼辟數貞觀古今人豈不

大誤試看君位簒皇隋功歸於己罪歸父昭陵獻陵欠分明知望其妻不望其母君不見果報昭然僞臨朝武此眞是太宗實錄句亦奇崛

傲骨

戴氏鼠璞云唐人言李白不能屈身以腰間有傲骨然不爲五斗米折腰傲骨孰有如淵明哉陶之傲高而傲也李之傲狂而傲也謫仙其第二流歟

獨睡丸

稀翁漫筆云獨睡丸是養生良藥然經言八十非人

不暖九十雖得人不暖是養生不必定獨睡九也隨園有曰半生非病不孤眠使獨睡而胡思亂想耗精費神仍爲無益伊川曰坐中有妓心中無妓孟子曰養心莫善於寡欲惟治心實爲萬全之劑能治心矣即不獨睡亦復何損

慈訓

歐陽文忠母鄭太夫人嘗以崇公治獄求生與祭豐不如養薄之言語文忠勗子以仁孝也北魏高恭之死其妻謂諸子曰自我爲汝家婦未見汝父一日不

讀書曷子以文學也慈訓各得其要以視孟母何多
讓焉

祁方伯

壽陽祁方伯宿藻爲春浦相國寯藻之弟戊戌翰林
累官江甯布政使性廉正尙風節不失書生面目癸
丑髮逆犯九江陸立甫制軍建瀛遁回金陵賊得長
驅而入方伯與陸遂大齟齬正色面詬賊勢日橫陸
困守不出戰方伯憂憤咯血日夕繞案而行咯血升
餘飲其鄉汾酒一巨觥且咯且飲故城未破而身先

殞也惜哉

嚴西園語

吾楚嚴西園先生宦秦作令幾廿年官績循聲治行第一嘗曰長官之於屬吏必當揚善公廷規過私室胡文忠稱其言之仁爲長官者宜書紳以自勉焉

臺諫取貌

成化二十一年進士敖毓元應星變求言之疏有云邇年以來選擇之際皆取其軀體之魁梧丰姿之俊偉略不問其才識之如何夫惟選卒伍者以强壯爲

尙然則臺諫豈卒伍之地言職豈執殳之役哉我
朝言官非由京察擢陞卽由考取遞補惟大挑舉
人或取儀表耳臺諫言職徒以貌取此明季所由速
亡也

無雙譜補

無雙譜補爲康書臣大令所輯共三十人各綴一詩
題如古樂府然語多奇拗洵可傳也備錄之盜秦判
呂不韋進食歎漂母王命論新城三老董公小兒語外黃舍人兒御王
歸廝養卒五百人田橫雛鳳曲上官后班師樂趙充國神仙尉

梅禰食粟嘲巨無覇　遼東帽管甯　漁陽撾禰衡　當塗讖曹操　文選樓蕭統　夜更郎山陰公主　重作后羊后　酒德頌劉伶　奇而正徐宏客　海上客虬髯公　三俠圖崑崙奴　後庭花嬖伶周匝　梅鶴吟林逋　援桴鼓梁紅玉　冬青樹唐珏　蓮花落乞兒　拒龍操徐達三女　金甌破補鍋匠　平章僧姚廣孝　忠義旗秦良玉　刺虎行費宮人　并錄其至佳之作如五百人云秦漢之際外有趙佗內有田橫彼高帝者何以王業獨成試看沙中之將多謀叛海島五百人無一生讀史莫將成敗論若田將軍者不但仇漢之項羽輸其死即事梁之錢鏐亦不得齊

其名猗歟休哉堯之後有劉誰舜之後有田橫漁陽
撾云鸚鵡一賦便名洲章陵太守爲低頭黃祖之子
能好士乃父真可謂犂牛劉表枉自稱俊物盍加禮
貌委曲留齎送狂生入虎口無怪豚犬失荆州漁陽
三撾忿罵賊荀文若輩皆堪羞假使曹操當時便殺
却豈非三國第一流惜乎阿瞞不肯成人美致令先
生一命徒然休海上客云太原公子氣非常心折人
間自有王項羽比君輸一着不將天下讓劉邦三俠
圖云朱門深鎖重重錮奴號崑崙大有才十五月明

無犬吠廣寒飛下美人來金甌破云自恨天難補人皆金底游多君好百姓十族共千秋刺虎行云荆軻聶政爲人報仇彼男子兮名千秋宮人費氏一女流女能殺虎斷虎喉可惜大才還小用不得手刃元兇頭吁嗟乎不得手刃元兇頭閣部拜倒平西羞

楚北無雙譜

書臣楚北人也又著楚北無雙譜共二十六人綴詩如之而詩之奇峭亦如之博采不易雙絕堪稱亦備錄如左於菟謠令尹子文　秦庭泣申包胥　吳市簫伍員　漁中人

江上丈人　滄浪歌滄浪孺子　懷沙賦屈原　接輿謌楚狂　斑衣舞老萊子
山水音鍾子期　漆園吏莊周　琵琶怨昭君　九齡讓黃香　糭不輟
漢濱老父　採藥去龐德公　一心咒孟宗　哀江南庾信　江中言張柬之
浣花堂杜甫　鹿門謌孟浩然　品茶經陸羽　泥金帖馮京　忠奸辨張居正　劾魏書楊漣　絶命詞熊廷弼　教諭語賀逢聖　杖痕斑熊開元

並錄其詩之至佳者如於菟謠云喜慍不形於色惟存憂國深心雖曰籠中乳虎却含鸞鳳好音子曰忠矣冠絶古今斑衣舞云歡承膝下斑舞堂前老而不倦愉色藹然大人者不失其赤子之心者也老萊

子有焉哀江南云北國徒悲新歲月荆州定憶舊田
盧哀江南賦多幽豔惜是昭明未見書江中言云則
天之際可以無狄梁國不可無漢陽梁國雖心乎唐
而死之日尚爲武漢陽雖害于武而死之日已爲唐
惜除惡不盡反受其殃論人者當略其短而取其長
若漢陽王可謂于大節無傷鹿門歌云風流瀟遠自
成家放棄歸來豈遂差身隱不逢天寶亂憐他李杜
困天涯絶命詞云可惜復可惜先生絶命詞首句言之不勝
悲忠臣豈懼死遼事無人爲公死關氣數禍福豈尋

常今雖數百載姓氏有餘芳公昔不遇害豈遂不死乎參透此中意含笑付頭顱更有甚焉者不死更誰譽史官書之曰纍功老倘書殺我乃成我一時而千秋試問諸賊黨今日尚在不作此相弔慰知非所樂聞名留而事去何以報吾君教諭語云賀公死節不足異不死亦必玉石焚上梁之文非我作異在不入西廠羣此公之高節而人所不聞國亂才難見身修志克勤昔先生嘗曰十年宰相不如七年廣文

三二陸三三王褎

晉陸士衡機　士龍雲　陳陸温玉琰　幹玉瑜　宋陸子壽九齡　子靜九淵　皆以文衡顯於時號二陸漢王襃字子淵晉王裒字偉元周王褒字子深三人皆有文學本朝崑山徐氏同胞三鼎甲錢塘許氏七子登科兩于成龍同時爲名臣尤千古美談也

黎中丞聯

黎簡堂中丞名培敬以名太史督學黔中時苗民逆命停考多年公按臨所過皆逆苗巢窟調營勇招生童因勢利導以次收復較前數屆學使之不知兵者

相去霄壤所謂隨陸絳灌兼而有之　天子嘉其功旋命分藩開府用人行政靡不權衡至當卒以鄭清黔境會接其言論丰采精明渾厚殊有古大臣風其撫署聽事嘗自題聯云任百務之紛乘於曲盡人情之中仍權至理惟一心之默運必克去己私而後方見大公又人苦不自知願諸君勤攻我短獘去其太甚與爾民卒由舊章兩聯語意鞭辟入裏殊堪矜式非深於學養何從語此錄之以風有位者

衢州聖裔

衢州孔氏實爲大宗以先墓多在曲阜乃讓公爵於弟衢宗式微至國朝登鄉薦者僅一人同治八年學政徐樹銘請照山東鄉試每科取中四氏學耳字號三名之例亦編耳字號十名取中一名零數過半加中一名仍不得過三名定限見邸抄

椒生隨筆卷四終

椒生隨筆目錄

卷五

椒生隨筆卷五

清泉王之春譔

姜明叔論兵

姜明叔蕉簷曝背臆記中論兵十七條頗能卓有所見爰錄其七俾世之讀書而知兵者共欣賞也　或問將曰三代之將其上伊呂其次方召皆聖賢之徒也春秋之將亦多儒者自戰國以下皆戰將矣惟漢之趙充國諸葛亮晉杜預唐李靖宋劉錡知書觀其用師亦異乎諸將矣有其責者宜何取法　或問諸

葛武侯明申韓有諸曰有之爲將者必法孫吳法孫吳必明申韓明申韓必尚黃老于武侯見之矣噫後世不能純乎三代之師者以此　或問今天下一家所慮者夷狄耳彼既不免侵軼則將何以應之曰周伐玁狁逐之盡境止焉其伐荆蠻亦曰威之使服而已此上策也無奇功無暴師不以病民爲尚後世得方叔召虎尹吉甫爲將則中國可以久安長治矣曰衞霍何如曰當中國之方盛值夷狄之始衰制之無不得意也一勞永逸之說窮黷之飾辭耳非三代聖

主之軌　或問將曰漢之漢壽亭侯曰義而正宋鄂國武穆王曰仁而正唐李西平曰忠而不伐後世之將如三子者亦可謂名將矣惜乎達機則未也孰見機留侯尉遲鄂國韓蘄王近之矣　自古帝王漢高祖善將將唐太祖善將兵項羽曹操將也百戰百勝故不能有天下唐太宗臨危制變料敵出奇此借前人之言而評魏武也然帝王之知用兵者莫如太宗以其習孫吳而知奇變也魏武其匹乎　或問西漢之臣善用兵者曰莫如董公惜其不爲高帝用其次

則子房其次陳平平全用吳起權計高帝之取天下非三人之籌畫莫之能一韓信以下皆戰將也其識取天下之樞者此三人焉　或問旌旂金鼓曰一軍之動靜進退全倚乎此旌旂以萬人之目爲一人之視金鼓以萬人之耳爲一人之聽然不欲多旂多則易亂鼓多則易衰在隨機應變用之何如耳

謚法

謚法以文正爲最優　本朝謚文正者六人湯公斌劉公統勳朱公珪曹公振鏞杜公受田曾公國藩論

功勳惟曾爲最如文恭文端亦謚之美者得此謚者恆多文忠本不多見近則謚文忠者凡數人然惟林公則徐胡公林翼爲副其實耳忠武二字亦優錫公遇春其矯矯者軍興以來又若習見不珍而塔公齊布李公續賓固不讓前賢也靖節自淵明後罕覯之裕魯珊督部謙竟獲此謚削而復予他如文介一謚則僅浙杭馮小亭光祿培元一人而已趙文雩門鉞前有國朝謚法考一書上歲彙集一部添補不少頗屬詳備

諭兒輩詩

明仁和訓導臨川聶大年壽卿諭兒輩詩云四兒五歲六兒三莫與肥甘習口甜清白傳家無我媿詩書世業要人擔兩餐淡飯何須酒一筯黃虀略用鹽聞說有人曾餓死算來原不爲去聲官廉此詩予最喜之可與陶公與子儼等書同誦

歸宗駁議

江南提督李朝斌本姓王氏襁褓中爲李氏父母撫養鞠育至於成立王氏本生父母隔絕不相聞問事

隔四十三年同治丁卯三月間有善化人王正儒赴
江督曾侯處稟稱李朝斌係所生季子請復姓歸宗
侯相詢之李則固茫然也卽議駁爲告於　朝其疏
語有云查　本朝言禮之書尚書秦蕙田所纂五禮
通考最爲詳核其於異姓爲後之事反復辯論一以
原情爲主所引金史張詩一事詩本李氏子育於張
氏閱三十年始知之初議歸宗終以張氏無子遂仍
其舊秦蕙田稱張詩爲孝今王氏本生之父母有子
三人而李氏撫養之父母別無立後正與張詩之事

相類伏查定例出嗣之子歸宗亦以所繼父母有無子嗣爲斷若令李朝斌歸宗則在王氏本生之父母不過於三子之外又增一子而在李氏撫養之父母竟至斬焉不祀撫子者必抱恫於九泉爲子者將難安於畢世核諸古禮參以今律李朝斌應於李氏別爲一家但後其撫育之父母而不祧其以上之祖宗於王氏則不通婚姻一以報顧復之深恩一以別族屬之大義庶乎兩全之道等語引證確切辯論簡晰古人有言曰宰相須用讀書人信哉

通家

魏夏侯霸之入蜀也邀夏侯玄欲與之俱玄不從及司馬懿薨中領軍高陽許允謂玄曰無復憂矣玄歎曰士宗卿何不見事乎此人猶能以通家年少遇我子元司馬師子上司馬昭不吾容也卒與李豐之難今稱故舊爲通家本此

常懷遠

厲樊榭先生有開平王孫種棻詞序云常延齡字喬若號蒼谷開平王遇春十二世孫襲封懷遠侯官南

京錦衣衛指揮有賢行曾疏劾馬阮鼎革後與夫人徐氏中山上公之愛女　種菜於金陵湖墅裔孫執桓乞詩中有句云幾稜荒畦非賜田晚菘早韭資寒泉可憐一紙鋤奸疏卻裹長街賣菜錢讀此可爲墮淚

黃堂

黃堂太守所居猶三公之黃閣也緗素雜記天子曰黃闥三公曰黃閤給事舍人曰黃扉太守曰黃堂見姑蘇志或謂黃堂即吳郡廳事乃春申君之假殿後太守居之以數失火塗以雌黃遂名焉天下郡治昉

此又謂以黃歇之姓名堂者二說皆非也

帝詩同揆

漢高祖大風歌有云安得猛士兮守四方唐太宗春日元武門宴羣臣詩有云庶幾保貞固虛己厲求賢

聖祖放鶴亭詩云處士人何在山前夕照來亭空不見鶴磴古尚留梅楊柳縈烟嫩棠梨帶雨開今朝閒繫艇還是愛賢才　聖君哲主其拳拳好士之思古今同揆

典史十得

嘲典史者有十得焉眞堪捧腹然所指乃南方典史若北方不能有此威福也其語曰一命之榮算得兩根竹板拖得三十俸銀領得四方地保傳得五下嚐巴打得六年俸滿報得七品堂翁靠得八十養廉借得九品補服僭得十分高興不得

掛印總兵官

前明以公侯伯都督掛印充各處總兵官如宣化曰鎭朔將軍大同曰征西前將軍延綏曰靖虜副將軍甯夏曰征西將軍甘肅曰平羌將軍之類文皆柳葉

篆無將軍名者皆疊篆文　本朝仍明之舊而損益之掛印總兵官凡九缺宣化大同延綏陜安涼州甯夏西甯肅州臺灣近又添設皖南一鎮共十鎮有掛印之名無將軍之號卽事權亦較遜焉

百歲老人

遵化州紳耆賈孝維老八年已百歲一日因公來營矍鑠自如譚餘遂叩其養生之術笑曰治下少時酒色不自檢頻年習苦無能安養惟一生不亂操心不煩惱中年後晚間少食早起早臥而已涇陽李赤腳

之言曰飢來即食食後靜坐其即此道乎

官爵相

官秀峰爵相文起家步校勳業品望海內寡儔其局量寬洪有夔公師德之度胡文忠嘗云秀峰宮保寬仁博大推誠待人實能主持東南全局其器宇度量有舍已從人之概又云揆帥寬仁博大近時所獨出實可遙總兵事不致我軍掣肘者若易以他人則不能如此之脗合無間矣蓋成文忠者爵相而知爵相者文忠也

許乃吳其
嘉慶道光間有錢塘許乃固始吳其對語以許氏吳氏科第接踵而乃字其字輩尤極其盛也今則許吳二姓科名少見不如曲阜之孔任邱之邊福州之林矣

信口成對

明成祖召解縉以色難二字命對縉曰容易久之成祖曰汝奚不對縉曰臣已對矣成祖大笑乾隆間簡玉亭吏部昌璘飲柯給事瑾宅爲子約婚託柯爲媒

而柯嫌其禮物率略笑曰居簡而行簡簡以手指曰
執柯以伐柯一坐鼾然阮文達直　南書房時
高廟問曰伊尹二字何對文達曰阮元　上大悅此
皆信口成對也

伯牙臺題壁詩

宋芷灣觀察伯牙臺題壁詩云噫嘻乎伯牙之琴何
以忽在高山之高忽在流水之深此曲不傳愁我心
噫嘻乎子期之聽琴何以知在高山之高知在流水
之深古無文字直到今是耶非耶相逢在此萬古高

山千秋流水壁上題詩吾去矣白門旋羅耦廉茂才有
伯牙臺聯云流水清音鍾子期忽然入耳廣陵絕調
稽叔夜同此傷心寓作均有合氣且音韻與琴操相
合足與坡公醉翁吟並傳漢南姚姓修臺時刮去之
俗物可恨 粵東八鶴窗名聯

休寧縣茶亭聯

休寧縣大道旁茶亭聯云南南北北總須歷此關頭
且望斷鐵門限備夏水冬湯應接過去現在未來三
世諸佛上天下地東西那許隨了卿眼試豎起

金剛拳擊晨鐘暮鼓喚醒眼耳鼻舌心意六道眾生喫飯穿衣誦之如談家常如參禪偈

論部吏

胡文忠公云　大清律易遵而例難盡悉刑律易悉而吏部處分律難盡悉此不過專爲吏部生財耳於實政無絲毫之益夫疆吏殫竭血誠以辦事而部吏得持其短長豈不令英雄短氣乎又云六部之胥無異宰相之柄予謂條例日繁弊端日甚公之論部吏蓋深有慨也

西游記

西游記一書人多以小說視之其實乃道書也中有奇語云扭出錢中血又云手挽虛空結又云靈龜吸盡金烏血細心潛玩於丹道思過半矣相傳此書為孝子所撰其父閱畢而痼疾愈似較水滸紅樓夢之奸盜邪淫高出百倍

隆中武侯祠聯

丙寅冬予道出襄陽曾為隆中之遊山水自佳而丞相祠堂毫無點綴道士均俗不可耐聯額甚夥殊少

佳者僅記一七字聯尙穩貼其句云臣心未了三分國天意難知五丈原

騎兵

孔穎達曰古人不騎馬故經記正典無言騎者戰國時趙武靈王謀胡服騎射以教百姓李牧日擊數牛饗士習騎射迨後漢高祖得梟騎以灌嬰爲騎將而項羽敗光武得突騎曰今日觀突騎之戰樂何如也以此觀之騎兵蓋始於戰國而精於兩漢耳

五女皆賢

後漢戴良字叔鸞五女皆有隱者風每許嫁練裳布被竹笥木履以遣之唐貝州人宋廷芬生五女皆警慧善屬文德宗召入呼女學士其第四若憲有催妝詩千古流誦五女皆賢竟有其偶

咏雪美人

嘗見咏雪美人詩不著姓名摘其佳句云顧盼幾回呼月姊安排恰好倩冰人多露畏行聊小住迨冰未泮是佳期漫道如花多薄命紅顏也有白頭時刻畫處饒有情韻

張叶箎賦句

張叶箎明經炳才名藉甚慳於一第記其郭子儀七夕遇織女賦押自字韻句云此即是金書鐵劵願將軍異日無忘俄焉而碧漢紅牆問帝女歸雲奚自可稱冰雪聰明

內侍

本朝鑒前代之失嚴抑內侍眞千秋良法也同治庚午之秋太監安得海私自出京沿途招搖爲山東德州知州州趙新禀揭經中丞丁公寶楨拿獲奏明奉

旨將安得海正法跟隨私逃之太監陳玉祥李平安
李得喜郝長瑞李順計得壽均絞決假充前站官之
黃石魁田兒及鏕丁韓寶清戴登雲何林高振邦劉
鳳喜一併正法蘇拉金安信劉交瑞劉凱黃廣喜跟
隨蘇拉之張瑞僧人廣文家屬安得邦安馬氏均發
黑龍江給披甲爲奴並將八月十一日九月初九日
諭旨載入宮中現行則例又以太監王天福爲
安得海經管家務亦即處絞　命下之月臣民欣
服

脚色

唐元宗呼梨園子弟有生旦淨丑末貼旦老旦小生外八項脚色生者言此戲文由此人生起也旦者曉色未分之時以男裝女暗昧難分也外脚色者乃外之人演其事也末者對始而言先出開場而謂之末反言也淨者對污而言塗面不潔而謂之淨亦反言也丑與醜同音言其陋也其餘脚色以人少不能敷衍又副以全之且加雜以成之

陝甘近例

同治八年五月二十七日奉　上諭左宗棠奏遴員署理府州縣各缺請勿拘成例一摺甘肅慶陽一帶地方甫經收復辦理賑墾撫輯事宜均關緊要該督遴才委任自係爲地擇人嗣後陝甘兩省委署實缺著該督撫斟酌情形變通辦理等因近日入官途者於善地則趨之若騖於窘鄉則畏之若鴆　朝廷爲政在人蓋有不獲已之苦衷焉

先勝

虎鈐經云孫子曰勝兵先勝謂先定必勝之術而後

舉也何謂必勝許洞曰先務三和次務三有餘次務三必行何謂三和曰和於國然後可以出軍和於軍然後可以出陣和於陣然後可以出戰何謂三有餘曰力有餘食有餘義有餘何謂三必行曰必行其謀則奸機不成必行其賞則好功者不愛死必行其罰則有過者不歸咎是以知善務和者公無私捨小惠務大惠善務有餘者力諸事而不自怠善務必行者興勇斷去猶豫之謂也舉是九者務令預定之於前則萬變千機然後動乎其中矣𤼵此以禦敵未有不

勝者也故曰勝兵先勝者勝在我也其在易曰先天
不違之義也予謂此九者足以操必勝之權其餘陣
法兵制皆枝葉耳

國朝畫家著姓

國朝畫家著姓載於畫徵錄者王氏凡二十五人時
敏煙客太倉人官奉常撰煙客子諤川陰人土子毛柘城人鑑元照煙客之叔官廉
州太守時呼王廉州鐸覺斯孟津人官尙書謚文安崇簡敬哉宛平人官大宗伯含光
鶴山晉人官參政有年硯田金谿人武勤中吳人諸生文恪公鏊六世孫翬石谷常熟
人徵士犖稼亭吳人概安節本名丐秀水人汝秦州人禧丹徒人式無倪太倉人

樸玉樵保定人鐙魯公太康人嶽補雲吳江人原祁麓臺煙客之孫官少司農敬銘丹思嘉定人官修撰昱日初麓臺族弟德普長民秀水人諸生釋宏瑜月章姓王名化霖會稽人前明中書舍人閨秀端淑玉映山陰人適錢唐丁肇聖次張氏凡十四人宏君度吳人穆鐵橋東莞人琦玉可嘉興人遠子游海鹽人風大風上元人前明諸生篤行內侍恂秦中人晝研山長洲人漣南垣華亭人子畏武進人惲南田甥欽石樓秦州人官部郎未任鵬翀南華嘉定人官學士寶華以字行華亭人舉孝廉他如周氏吳氏亦各十餘人豈翰墨因緣獨在此數姓歟

集句詞

荊溪詞所選集句詞以萬君樹董君儒龍各作爲最佳錄萬之淚淘沙初度云一隻木蘭船孫光憲離恨綿綿花蕊夫人落花飛絮雨翩翩歐陽修歸去江南邸壑處劉仙倫斗帳高眠張孝緒家在綠楊邊顧夐茅舍山前劉過惹窗映竹滿爐烟歐陽炯舊事悠悠渾莫問盧祖皋四十三年辛棄疾江城子寄內云蕭蕭江上荻花秋無名氏水悠悠黃昇思悠悠李景移過江來僧揮飛夢到揚州晁補之芳草連天迷遠望周邦彥官驛水陸游柳枝愁史達祖庭槐影碎被風揉吳淑姬晚風留蘇軾夕陽洲蔣捷簾幙輕陰馬偉壽瞑色

入高樓李白涼月去人纔數尺王安石應念我李清照不擡頭牛嶠董之如夢令春閨云燕子來時新社晏殊耿耿素娥欲下周邦彥四合梟金鳧秦湛時落銀燈香炧李白睡也睡也繡被春寒夜夜史達祖虞美人閨夜下半闋云月高猶在重簾下潘元質春事無多也劉仙倫暖風吹動繡簾鉤許陽曰別是一般滋味在心頭李煜信手拈來都成妙諦矣

女狀元

女侍中魏元義妻也女學士孔貴嬪也女校書唐薛

濤也女進士宋女郎林妙玉也女狀元王蜀黃崇嘏也而此數女中以女狀元爲最元人有春桃記蓋黃事也其劇目載輟耕錄今不傳矣蓋崇嘏臨邛人作詩上蜀相周庠庠首薦之屢攝府縣吏事精敏胥役畏服庠欲妻以女嘏以詩辭之曰一辭拾翠碧江湄貧守蓬茅但賦詩自服藍衫居郡掾永抛鸞鏡畫蛾眉立身卓爾青松操挺志堅然白璧姿幕府若容爲坦腹願天速變作男兒庠大驚具述本末乃嫁之余竊謂女子有才固可貴而白龍魚服以女爲男未免

可怪因以兩絕詠之云好春不露女中豪略似花中
夾竹桃多少男兒應媿煞不笄進士邁英髦又玉質
冰心有木蘭始終完璧古來難狀元亦有金龜壻枉
說讀書人做官一美之一怪之也

椒生隨筆卷五終

椒生隨筆卷六

清泉王之春編

俄人取伊犂城

同治十年五月十七日俄羅斯人取伊犂城有旨派將軍榮全馳往查辦憶咸豐十年間俄人以洋鎗等物求易鴨綠江外地七千餘里　朝命允之遂啟今日攘奪之端積慮處心非一日矣

論武漢

胡文忠陳湖北吏治兵政一疏有云荆襄爲南北之

關鍵而武漢爲荆襄之咽喉武漢有警則鄰疆震驚南服均阻控制失宜本根先撥云云論得其要厥後東南底平皆藉乎此是誠高屋建瓴也

王子安善襲前人

王子安善襲前人如滕王閣序中層臺聳翠四句全襲王簡棲頭陀寺碑文層軒延袤上出雲霓飛閣逶迤下臨無地又落霞與孤鶩齊飛二句亦襲庾子山馬射賦落花與芝蓋齊飛楊柳共春旂一色相傳滕王閣下夜有鬼苦誦落霞二句客舟爲之不安一文

士過而聞之叱曰此此等蹈襲文字且與字共字可刪
未見其佳何必喋喋自此寂然今之勦襲舊文而自
鳴得意者可以爲戒

糊塗粥

板橋書有云暇日咽碎米餅煮糊塗粥雙手捧碗縮
而啜之霜晨雪早得此週身俱暖此言頗形窮象然
君子固窮顏子簞瓢陋巷樂在其中此非安貧樂道
者不能言也

鰲陽題壁詩

嶅陽旅店有白下女士柳眉卿題壁二絕句云飄零薄命恨緣慳旅館淒涼百不堪每憶故園諸姊妹一燈飛夢到江南鉛華不御鬢蓬鬆消瘦形容鏡影中綠遍垂楊青遍草教人一路怨東風哀豔風流必非僞託

陰曹門聯

閣學周荇農師嘗夢至陰曹見一極大衙署其門聯云百善孝爲先論心不論事論事世間無孝子萬惡淫爲首論事不論心論心天下少完人按兩首句本

是倒語深入一層即律重誅心之意極其透徹

疏語沈痛

道光癸巳林文忠撫蘇時以水灾疏請緩徵中有語云晝見陰霾之象自省愆尤宵聞風雨之聲難安枕簟又云惟求恩出自天多寬一分追呼即多培一分元氣言之沈痛

三元

古今三元衹十二人唐張又新崔元翰宋孫何王曾宋庠楊寘王巖叟馮京金孟宗獻元王宗哲明商輅

國朝錢棨陳繼昌順治初有武三元王玉璧獨陳蓮史繼昌人雖呼爲陳三元然其銜牌曰四元及第則朝考亦第一人也蓮史每試皆首列故常用之小印云生平不作第二人想又一印云古今第十二人夫以歐陽文忠與王文恪之才僅得其兩元而大魁竟失榮名豈易盡占哉

傷亂詩

兵勇擾害甚於賊匪見賊不戰統帥者漫無紀律而誇功則郭李不若也地方官吏聞驚即遁賊退則以

克復城池免罪窮民不能安業應募為勇遂成廢類市井無賴有遨薦剡而眞才淪落可勝嘅乎船山太史寶雞題壁句云民窮轉覺軍前好寇過惟從壁上觀山中城破官仍在閫外兵譁將不聞大賈隨營緣戰富連村無寇是誰焚能文未易參軍事有口都能說戰功攘劫翻誇裨將勇需求誰諒縣官貧不明賞罰終何益眞舉才能尚未遲雖云傷亂亦實錄也

示逆靈兆

闖賊入京射大清門不中因以喪氣白蓮教首冉天

元入梓童時往文昌廟求籤有一人入都之語未幾為德參贊楞泰所擒四送成都捻逆張總愚由晉北犯順號於眾曰戊辰正月初五日破京城御太極殿受賀初五日至保定境詢地名土人以大級店對語音似太極殿賊嗒然乃不克振示兆靈驗一若有意為之者

絕對

絕對如小老虎柳下惠風和之類可謂寡偶惟月月紅有人對以星星翠烟鎖池塘柳對以燒坍鎮海樓

蓋適值鎮海樓灾偶句僅藏五行而已字面實不對也又荷葉露珠柳線松鍼穿不住友人對以雁峯瀑布鶯梭燕剪織難成眞銖兩悉稱矣又在河南撫署見書屋壁間二語云貓臥墻頭風吹毛動貓不動綴其後云有對此者酬以文房四寶同人苦思竟不能對

三聲

有人出守荊州謁某道卒然問曰聞貴府有三聲謂圍棋聲鬬牌聲唱曲聲知府徐徐應曰下官聞公亦

有三聲道詰之曰算盤聲天平聲板子聲迨知府竟以此解任今爲某府之三聲未有不詿誤本官爲某道之三聲未有不得意者也噫

爲令八難

朝邑李桐閣孝廉元春作爲令八難論其難有八曰到任難事上難馭下難賦役難理教化難治訟獄難平灾旱難恤盜賊難除到任難惟自苦約耳事上難謹慎以奉之積誠以感之耳馭下難悉心以察之親民以辨之耳若夫賦役之難既自苦約不任在上之

苛求不致在下之盜竊自可取之有制即不盡如古
然寛一分則民受一分之福己亦自減一分之罪教
化雖難身帥之勤諭之嚴懲之因俗爲禮諒亦無不
從也平獄訟無他可息者諭之使息否則判以情理
讞以律例當嚴則嚴當寛則寛不自受賕而又不信
胥役不淹聽斷斯爲得之恤灾旱無他緩催科發倉
廪散貸平糶實心救援諸弊自絕而酌行古人之法
其中惟勸捐爲善切禁勒捐周禮安富意正爲此而
保甲則治盜賊之善法治盜賊卽治啯嘍惟患民間

不實心奉行則法雖存而實亡爲令者能盡心糾督盜賊雖難除而無不可除亦如于青天之於魚穀矣令又何難爲哉其難焉者吾直以爲非令也博士倚席不講但責禮於諸生其負職猶之令也此論頗爲詳盡

戴文節面奏語

文節畫名高天下咸豐初直南書房上命其講授畫法文節面奏曰方今四方多事上正宜究心治平之道繪事末技不足學也時論稱其得體

北人好食葱蒜

南人惡食葱蒜北人好食葱蒜土性然也而葱蒜亦以北產爲勝直隸河南山東等省無論富貴貧賤之家每飯必具最可恨者車夫與剃頭匠耳趙甌北舒城旅店題壁詩有云汗漿迸出葱蒜汁其氣臭於牛馬糞蓋亦深疾之也今以二八女郎偶一吹氣不可嚮邇頗有西子不潔之歎

保甲

王荆公作事乖謬惟保甲一法千古不廢王文成兼

行十家牌卽周禮五人爲伍十人爲聯之意然舉辦保甲宜先令鄉約查報再着親信人確查覆核按季銷補不特緝盜之良規抑亦聽訟之一助目今虛應故事耗費紙筆可勝嘅乎

短掛戰裙

短掛戰裙古無其制惟短掛略類短後半臂戰裙則羌無故實矣趙松雲先生咏之短掛有云褻袂雙非隻明衣一可三僬僥如著此或尙覺毵毵戰裙有云何須白練製略並錦韉長衣反居裳內男偏女作裝

似此咏物眞是不爲題窘

鬼教

北魏明帝時李陽爲高陽王雍友以時人多佞佛言沙門爲鬼教沙門都統僧暹等以陽謗佛法泣訴於靈太后太后責之陽自理曰鬼神之名皆是通靈達稱佛非天非地本出於人名之爲鬼臣爲非謗宋張天覺欲作無佛論妻向氏一言而止後又作護法論聖人云敬鬼神而遠之最是正理

選兵良法

紀效新書云第一選人以精神爲主而當兼用相法必無兇死之形重福氣之相最勿使伶俐油滑當用鄉野愚鈍鄉野愚鈍之人畏官府畏法度不測我顛倒之術誠信易於感孚愾氣易於振作又云使威嚴之永行無阻壞者恩與信也如載人者舟之功而所以使之載者舵也威嚴其舟乎恩信其舵乎又云武藝尙可教習必精神力貌兼收三者兼收又不若憑各親識鄉里哨隊長舉首蓋渠皆生同里閈覩其所忽也久矣此又不可憑選者之目也云云實爲選兵

良法今之紛紛召募者講求及此則思過半矣

少年科第

少年科第最爲人生愜意之境杜老有句云只今年纔十六七射策君門期第一白香山登第詩云慈恩塔下題名處十七人中最少年時年二十七不甚早也寇萊公十九舉進士時太宗取人多問其年年少者往往罷遣或教公增其年公曰吾初進取可欺君耶然總不如苗台符張讀之早苗年十六張年十七同及第所謂一雙新進士兩箇阿孩兒也商子華亮

以十四舉孝廉賈蝸氏中黃以十五舉進士乃科第之至早者　國朝侯官林廷禧於道光辛卯登賢書癸巳捷南宮年才十六房批有云九歲遊庠騎齒有神童之目五年食餼鰲峯兼都講之名爲二百年來科名盛事

邑令宜爲循吏

姜明叔曰邑令乃字民之官關係重甚魯論一書吾夫子獨丁甯於爲宰爲令之戒而他職不與焉實以得百里而君之乃斯民休戚之寄故曰可以寄百里

之命宋林德崇父與監司啟有云鳴琴堂上將貽不治事之譏投巫水中必得擅殺人之罪劉濳夫宰建陽亦有一聯云每嗟民力至叔季而張弓欲竭吏能恐聖門之鳴鼓嘗滁生侯相督畿疆時撰聯勗屬吏云無日不以龔黃召杜相規願諸君力行古道斯民正當水火刀兵之後賴良吏默挽天心甯爲循吏毋爲能吏爲令者宜自審焉

黃太守

同治九年十月黔撫曾璧光奏道銜候選知府黃德

裕湖南乾州廳拔貢由教職累以軍功擢知府投效貴州署都勻府事八年六月苹安軍營飢潰苗匪攻城糧盡援絕十一日城陷死之請援前守鹿丕宗例

予謚建祠疏語有云黃德裕從征南北屢立戰功去夏委署都勻通飭各屬講求吏治辦理團務轉運軍糧規畫周備乃以苹安營潰賊逼郡城外無片甲寸鐵之援內無粒米銖金之積殺馬饗士爲　國捐軀大節凜然較鹿丕宗爲烈云云同殉者有總兵王松林等十五人其弟德威並請附祀予謂烈則烈矣

而循績不及鹿公餘則大致略同耳

百歲壽母賜果圖

李桐閣舉道光庚子孝廉有孝行時導母出遊嘗觀劇鄰村母年九十七八桐閣亦近七十親送饌歌架下擁擠莫進高呼曰媽俗呼母曰媽人哄笑曰此翁鬚盡白尚呼媽也桐閣應曰予有媽焉得不呼笑者又哄然及母百歲旌下桐閣作百歲壽母賜果圖盩厔路閏生太史德題一長古云世間奇事真咄咄母也朱顏兒白髮朱顏白髮懽相依一家四壁恆春暉使母

生大賈終歲營營爲阿堵使母生貴官出山遣志還
山難壽母有子爲人師生徒濟濟環堦墀出擁皋比
據上座入受甘旨猶嬰兒母昔蒸麩和野蔬今也問
字之酒東脩之羊羅滿廚昔鬻簪珥爲兒買書兒今
讀破萬卷爲通儒葛巾蕉扇侍母側繪出寒門消夏
圖兒年雖邁童心尚在仙桃一顆遥相投王母不待
東方偷對母大嚼母色喜豈惟萲草能忘憂陸郎懷
橘夙所欣潘岳捧輿安足論孩提時事不可憶垂老
猶荷慈母恩垂涎者誰兩旁立竊語時復聞曾孫曾

孫男曾孫女欲分甘毋不許寫得情事俱到佳話不可無佳章以傳桐閣雅負盛名著朝邑縣志

河套

姜明叔剔齒閒思錄云陝西西安綏德之境有黃河一曲俗名河套其地約廣七八百里北虜時竊入其中居久之乃去葉文莊公盛爲禮侍時嘗因言者欲築立城堡耕守其地奉命往勘大意謂其地沙深水少難以駐牧春遲霜早不可耕種其議遂寢近時關中大饑流民入其中全活者甚衆踰年纔復業則是

非不可駐牧耕種也今聞虜居其中皆長子孫邊將不復逐去之縱不能爲患然侵盜之事難保其必無也云云按此在北山境內其土脈之腴厚不及蒙古新墾之地然前數年屢爲土匪巢窟可稱遠見

鄧侍御疏略

同治九年閏十月鄧侍御慶麟奏州縣實缺人員務當飭歸本任不得率行更調聽斷必期明速請飭仿曾國藩考課功過章程辦理編查保甲嚴懲滋事散勇收押放押人犯照丁日昌令州縣懸掛粉牌之法

以杜濫押訪拏訟棍買補常平倉穀開墾荒地修築陂堰釐捐須杜中飽至帝王之學必以敬天愛民爲本等語蒙　上嘉納謂其措意詳到均有關於國計民生然內有云有不煩瑣陳者有言之無益者如我　朝歷聖相承上下胥格其州縣應爲之事各省長官頗嚴考核此不煩瑣陳者也如買補倉穀開墾修築費從何出卽保甲亦具文而已此言之無益者也則以侍御苦心孤詣等於老生常談惜哉

帶肚

同治九年四月宋侍御邦僡敬陳管見一摺中有云又有一種長隨名爲帶肚家人當本官未經得缺之先常代借銀兩並言明得缺後即派充門丁需貲人員往往嗜其小利一經任用則蒙蔽招搖無所不至本官受其挾制平民被其訛索實堪痛恨等語近日宦場枯窘求帶肚而不得者多矣遑云嚴禁耶

首山

臨榆即山海關雄秀無匹邑之名勝以角山澄海樓爲著而不如首山之入畫也山有樂壽可琴二亭前

臨平野野盡而海後則峰環水曲瀑聲潺潺樵唱漁歌疑涉仙境畿東之勝在榆關榆關之勝在首山同治十一二三年予充通永練軍馬步翼長每屆冬令領兵由北塘至永平一帶巡道關口輒往遊歷流連忘返

八仙

八仙由來甚古予竊以為傅會否則成仙者夥矣而何以此八人者既無散期且無增減豈仙家亦有黨耶考其事跡所說不一一曰鍾離權字君房晉周處裨將終南山遇

東華眞人得道　二曰呂嵒（字洞賓唐時舉進士不第遇正陽眞人得道）三曰張果（隱恆州中條山召授銀青光祿大夫天寶時尸解）四曰曹國舅（丞相彬子皇后弟遇洞賓得道）五曰何仙姑（零陵市人女呂嵒以桃與之食半得不飢老而尸解又稱姑以開元中羽化合在純陽前）六曰李元中（開元大歷間人學道終南陽神出其徒化之神無所依乃附一餓殍起而）七曰藍采和（衣破藍衫黑布腰帶足一跌一韡醉則持三尺大拍板爲踏踏歌後至濠梁擲韡帶拍板乘雲去）八曰韓湘（昌黎姪孫也少學道能爲頌刻花於瓣中示昌黎以字後昌黎謫潮州至藍關湘適來候昌黎乃悟）趙甌北云戲本所演八仙不知起於何時按王氏續文獻通考及胡氏筆叢俱有辨論則前明已有之蓋演自元時也其詩有云韓湘

張果呂洞賓此外載籍無其人由來仙成本荒幻何必捫籥求其眞天下都散漢竟作時代看鐵拐無姓李或言劉跛子趙家外戚傳不聞曹佾能修煉藍衫老采和丈夫忽變作嬌娥又況何姑愛酬答偏與羣眞坐聯榻仙家想是無凡心不妨男女相混雜故作諧語而視等無稽之意自見矣

司字平仄均用

也應愁殺杜司勳是司字本從平也而漁洋詩有落晚江湖杜司勳之句司字自註入聲按漁洋喜白樂

天之爲人蓋本諸白詩耳嘗考容齋隨筆云白樂天好以司字作入聲讀如云四十著緋軍司馬男兒官職未蹉跎一爲軍司馬三見歲重陽是也王楙野客叢書謂白詩司字非入聲乃去聲耳廣韻入聲不收集韻去聲伺字韻收曰司至也今韻書在支字平韻者曰主也在寘字去韻者曰與主義通總之平仄均可用而仄音當以去聲爲是

顧亭林徵君

汪彥石獻玗題顧亭林像詩小序云昔王半山非馬

史孔子世家而近儒錢潛研亦論宋史剏立道學傳之非其言曰史學之例凡道德文章顯著者各有專傳其列於儒林文苑者皆其次焉者也孔子與七十二弟子史記未嘗列於儒林也漢之董仲舒唐之韓愈皆自有傳元儒無出許衡吳澄之右者亦自爲傳愚以爲周程張朱五子宜合爲一傳自五子而外則入之儒林可矣又金劉祁歸潛志魏徵輩修隋史不爲文中子立傳將毋以既擬其師於聖人欲列於傳恐小之欲援孔子世家之例而隋史無他世家故皆

不紀以爲其師之名不待史而傳乎玗按鄭康成不入後漢書儒林傳亦尊之儒林之上竊疑世之論亭林者輒以儒林遺民槪之於史家之例似未有合云云非必定爲亭林專計也而有益於道學已不少矣

椒生隨筆卷六終

椒生隨筆目錄

卷七

卷八

椒生隨筆卷七

清泉王之春譔

北塘海防中軍帳額

予書無倦二字於中軍帳額而跋其後曰安不忘危文不廢武豫道也凡事豫則立不豫則廢士君子先勞無倦思患豫防寘有不遑寢處者北塘爲海濱重鎭自前明以迄我朝魚鹽舟楫之利稱富饒焉向有礮臺舊址慶光年間重建洎咸豐初僧邸以社稷重臣加意洋防不遺餘力而南北三礮臺巍然并峙迺

變生不測禍不旋踵守禦無人事機已失去歲春合肥相國移節直隸督師天津見北塘據上游形勝與太沽並重調練通永一軍以本鎮帥統其師礮臺之麓左右列營余以翼長副之領右軍逐一草創日不暇給今春以次就緒而中軍尚無下榻處固失體裁亦無以爲講武之所遂拓地三弓建屋三楹屋後東西偏附修小屋各四中設廳事右啟書室前置迴廊以麥夏始以五日前落成居於斯游於斯得日與營哨士卒嘗源源接見於斯暇則講求弓馬射以觀德

偶倦於勤輒手史冊一二卷參觀古今治忽之由與夫成敗利鈍之蹟余雖不文未敢以芝蘇鑑自詡軍中讀書作運籌帷幄故事詩云職思其居孔子有言居無求安蓋常於此言凜凜矣同治十年辛未天貺日之春自記

楊忠愍公詩

容城楊忠愍公文章爲忠節所掩甚至有人謂公不工詩或謂公臨刑詩二首已足千古他作均可置之余每讀公詩集中多淸絕語句節錄之以誌景仰云

知已漸隨流水遠離愁端與削山平送劉榮淮考績北上春歸芙苑晴花合天入燕雲曉旆寒送大宗伯兩洲王公考績寒欺草榻涼如洗風捲星河動欲流報主獨憐成孟浪論交誰復憶同游感月有懷君愛寒宵儂愛死古來天地幾凝人送德觀海分教偃城寒雁不堪雲暝夕秋風況是葉飛初送徐龍灣審錄江南志欲小天下特來登此山仰觀絕頂上猶是白雲還登太山極頂因題

沒字碑

乾陵一碑無字不知其故云于闐國貢者見州志又

泰山有沒字碑或云是碑匱也又汴梁秦檜墓碑無字蓋穢德有不堪書者矣

巴圖魯

巴圖魯以賞有功王漁洋皇華紀聞作把土魯自註把土魯勇也元時必出上賜　本朝亦然後作巴圖魯近且由下陳請　上賜錫以淸語漢語之嘉名耳或曰巴圖魯猶言好勇也

俗語引證

俗語有本於載籍者有載籍用俗語者引證十數則

以資考据姑息 禮檀弓 得法 國語是艮史也爲我得法 有分 問 無分

左傳子華對楚靈王語 聽情 漢書王侯表沈猷夷侯受元狩五年坐可宗聽情不具 買賣

漢書食貨志新莽更名天下田曰王田不得買賣 門生 漢書佞幸傳 內顧 漢書楊僕傳失其內顧

老先生 漢書賈誼傳每詔下諸老先生未能言誼爲之對 衙門 三國志袁紹攻公孫瓚毀其衙門

陽溝 郭璞爾雅註陽溝巨鷃古之名雞亦作羊溝太平御覽陽溝之雞 尊

大人 陸士龍答車茂安永書尊大人賢姊上下當爲喜慶 舉家大小 車茂安答士龍書

便習 謝靈運富春諸詩洊至宜便習 當面背面 杜詩當面輸心背面笑 大廊老

楊椒山與少司寇吉陽何公書自大廊老去後吾無憂矣

止盜正以救荒

楊椒山先生上徐少湖書有云聞各處撫按分付各屬官今且暫寬治盜之法其意懼生變也以故各官於賊之獲俱姑息寬縱之此端一開為盜者眾貧者日至放肆富者日不安生是民之為盜雖起於年凶亦上之人有以教之耳夫濟荒自有長策未聞教民為盜以救之也況漸不可長民不可逞恐隄防一撤紀綱遂壞其變有不可勝言者宜速行令各處撫按有司使遇盜賊仍治之如法則禁盜乃所以止盜而止盜正所以救荒也毛西河云此大聖大賢大經濟

大作用不意先生遂能到此明末山東大饑有搶米者太守王雩于推官陳臥子皆殉國名臣當時堅執抵法曰吾殺亂民非殺饑民也其論與先生同止盜救荒一言卽生道殺民之意

幕客授職

古之參謀記室卽今之幕客也雍正間上諭云嗣後督撫所延幕客須擇歷練老成深信不疑之人將姓名具題如效力有年果稱厥職行文咨部議敘授之職位以示砥礪欽此今則久不具題遂無授職

者矣

尹文端條告語

辦賑最非易事偶不實心實力造孽莫大況自利乎

尹文端繼善督兩江時辦賑條告語有云倘不肖有司剋賑肥家一有見聞斷不能倖逃法網即本部堂稽察有所不到吾知天理難容子孫將求爲餓殍而不可得痛哉言乎

汪煥曾先生撰聯

蕭山汪煥曾先生輝祖初習申韓後以進士出宰楚

南時稱循吏其舊撰館聯云若心未必天終負辣手須防人不堪此不特入幕者宜奉爲圭臬凡有司皆不可不知也

胡文忠書牘

胡文忠集十卷而書牘居其六皆軍事政教之言其於親戚情話僅附一二筆有自然機趣所謂老樹著花無醜枝也採錄之以便披誦致左季高京卿云紹酒十尊奉上公之精氣再勞十年亦必可支所患關隘阻隔痰飲中梗幸早治之或曰以沉香浸酒則永

無關隔之症然林翼精氣日形其短頗惜此才也致
莊蕙生受祺云堯仙呂公侄孫藩黔吾方守黎平又一年
而吾旋楚堯仙陞閩撫道阻不能至長沙派兵百人
由辰州上迎入安化在印心石屋門首經過其幼女
嬉笑岸旁柳陰下陶少雲桄欲以年家誼託女蘿連
年從戎尚未甬商而堯仙則已古矣堯仙爽直有氣
概治黔有聲至今思念之不僅私交之密也乞與仲
遠商酌成全之法致官使相云聞尊體日漸復元應
健脾胃為主脾胃者人之元氣也潛山天柱漢代尊

爲南岳漢武巡狩由盛唐至潛登天柱泛舟樅陽射蛟潯陽江中卽其地萬山崆巃獨產天堂野朮土人以繩縛腰別繫繩樹石間跳身絕壑懸巖間以采之惜所得不多第服之大效其和平中正如老兄性格付上一匣計野朮三十五枝如試服有效秋冬再可購覓奉上

孝子慈孫

楚語士亹曰堯有丹朱舜有商均啟有五觀文王有管蔡皆元德也而有姦子韓文公子昶闇劣誤金根

車爲金銀史直翁浩爲相非無一善可稱子彌遠爲
權臣而掩其父之美呂文靖夷簡爲相非無一疵可
議子公著爲名相而揚其父之美楊涉而有子凝式
張浚而有子栻如呂楊張三公眞孝子也王導之孫
謐而授璽綬於桓元謝安之孫澹而持册於劉裕顔
見遠孫之推而喪節韓魏公孫侂胄而隳宋豈詒謀
之不善乎如陶侃之孫淵明見遠之孫之儀之儀元
孫常山平原二公者眞慈孫也語云有錢難買子孫
賢是人力不爲功而天理尤不可測矣

何子貞太史集字聯語

道州何子貞太史紹基爲文安公淩漢哲嗣書法甲天下余見其所集爭坐位帖字聯滅盡鍼綫痕迹眞才子也亟全錄之七言云九功惟敘使勿壞百度得數而有常宣德道情文乃貴明微謹始禮爲宗與其過縱何如謹到得能誠自會明悟到前身應是月數來好友莫如書明月同行如故客異書難得比高官兩足不出門半尺一室坐擁書百城行事莫將天理錯立身當與古人爭聞常言輒有至理愛別致便非

本心且自思立足得地豈可輒抗顏爲師藏異書貴
得初本收古畫須撿裂文有三尺地身可坐到五更
時心自清如張子野員醉伯是李將軍乃畫師時事
亦當參古禮人爲不敢恃天功對月横安高士榻論
文喜得古人書縱目古今還自省側身天地一無言
倫理只從天事見功名貴自本心來古易九家皆見
聖曾論半部足匡時然名香宜對古畫見明月又來
故人書城高大能藏道心地光明始愛才八言云撰
高度深九數所極指事會意六書之綱將相公侯蓋

亦有命射御書數皆謂之文坐榻横書陛臺校射然
香品畫對月開尊武將宣威自天而下文臣記盛如
日之升瞻言古人便若同世措置難事亦如平時見
人之過如己有失於理旣得卽心所安力排衆議乃
見獨是心師古人自爲一家就已然情知未來事於
獨居地見大衆心有功不伐聞過則喜爲道日益積
德能升縱横百家才大如海安坐一室意古於天天
壽崇高初無階級書城割據各異門途意之所忽過
從此長衆有同欲功不可居聖業顔曾淸名李郭相

才文富士品裴王十言云參三六九易數皇極斯寓合百二十國書魯史乃興十一言云何必開門明月自然來入室不須會友古人無數是同心十二言云戴勝祖高堂士禮從知家相作子長事安國尙書眞見古人來十三言云士禮守容臺本東魯兩聖人所定佛書破藏海是南朝衆才子之文十四言云明理自平居莫到有事時存兩端念置身須得地當爲從古來第一等人二十七言云行路有何難我曾從天桂九疑終南紫閣太室三塗直到上京王者地得師

眞不易所願與高堂二戴安國子長相如正則同依

東魯聖人居

陳子鶴太宰

陳子鶴太宰孚恩爲荔峰侍郎希曾次嗣書法冠一

時以拔貢起家歷官淸要其攝東撫時未受鹽務陋

規蒙

賞淸正良臣匾額咸豐十年七月　朝

命諸臣會議幸熱河事太宰有竊負而逃遵海濱而

處之語十一年在熱河又力阻回　鑾　今上

登極載垣等敗許仁山侍郎彭壽以黨援參奏褫職

旋戍新疆可爲奏對不愼者戒

朝轎故事

鍾繇有膝疾拜起不便時華歆亦以高年疾病朝見皆使載輿車虎賁舁上殿就坐是後三公遂以爲故事見三國志今之　賜朝轎者　卽朝　意蓋本此然止及　景運門而止不能舁上殿也

耆相楹聯

耆介春相國　英　有滿洲才子之目然頗自負宣廟優遇之嘗褒爲有膽有識迨　文宗嗣統恩

禮寢哀屢奉　嚴斥有無恥無能之　諭者揭

一聯於楹云　先帝隆褒有膽有識　時皇罪

過無恥無能頗爲　上聞非亦足以殺其軀乎

驛書不過六百里

今軍事至急者驛書日六百里考三國志陳泰傳泰

每以一方有事輒以虛聲擾動天下故希簡白上事

驛書不過六百里又考漢書屈氂乘病置爲急遞曰

行四百里古以四百里爲至速至三國時乃定此限

耳

棋爭邊角

圍棋國手最爭邊角劣手則爭中腹諺云金角銀邊草肚皮此之謂也宋劉彥修子羽之言曰善弈棋者不爭邊角之藝名臣之論卻欠精理

天籟詩

澧州乞食道人游一瓢詩曰磨快鋤頭挖苦蕒不知山下白雲深多年寂寞無煙火細嚼梅花當點心游食多年不害羞也來城市看妝樓東風不管人貧賤一樣飛花到白頭破寺無僧好挂瓢閒時歌舞醉時

簫黃昏月落秋江裏沒箇人來問寂寥門外何人喚老游老游老游無事聽谿流而今世事多荆棘黃葉飛來怕打頭天籟也而道味盎然轉覺摹唐規宋之同嚼蠟矣

幾何

西洋算法書名幾何乃春秋時冉求所造今中國轉無此書且學算法於洋人而不克善其術甚矣古今人之不相及也

天子門生

秦檜欲收羅逵於門下羅不屈檜大怒必欲殺之而檜死矣高宗曰不愧天子門生逵本紹興辛未狀元今稱翰林爲天子門生者本此然非狀元不克當非如逵者不敢當也

論六軍

直隸練兵於保定正定遵化古北河間宣化曰六軍軍各二千五百人部中於京餉外復立固本名目由直隸按月請領此劉制軍長佑所奏辦也故戶部統籌財用源流一疏有云同治六年七八月間梟匪乘

機竊發以百數十揭竿之衆橫行數郡擾及近畿所
調六軍者旣未能先事預防以杜亂萌並未聞一矢
加遺以摧凶焰又云各路多有雕一木貿關防徑行
赴部支領餉餉者十羊九牧不知節制無益於事臣
等實深惜之云云夫不練勇而練兵誠善舉也惟行
伍廢弛已久非旦夕所能有功　朝廷特調曾文正
八年到任從新整頓芟繁就簡漸有起色十年冬李
少荃傳相改調遵化一軍移紮北塘海口易名通永

白話

南方人謂與閒談曰白話又空言無實際之謂俗語
也考翰林志翰林所著撰教坊致語曰白話則俗語
居然典故矣

儩

今人書劄之尾每有不儩字樣攷儩音賜義切李商
傳云敖庾之藏有時而儩潘岳西征賦云起長懷以
遐念若循環而無儩張銑註儩盡也六朝人喜用僻
字遂相沿至今云

兄弟薰蕕

顏之儀而有弟之推歷事梁齊周隋朱温而有兄全昱斥其滅唐王安石而有弟安國誚其遠佞史可法而有弟可程爲二臣一薰一蕕萬難陶化又何疑乎舜之於象武周之於管蔡展禽之於盜蹠哉

秀才所習

宋初尚文選當時文人專意此書至爲之語云文選爛秀才半見放翁老學庵筆記近日文人專攻四書甚至五經亦不全讀子史集更置不顧因有四書熟秀才足之語蓋古以雜作取士今以時文取士故所

習殊也然時文愈趨愈下吾甯爲古之半秀才不爲今之足秀才也

金陵昭忠祠

江南遭兵最久殉難官紳最多江甯先有湘軍昭忠祠在城北蓮花第五橋係克城之初就僞王府略爲修葺者後就地並建三祠中仍爲湘軍陸師昭忠祠東爲金陵軍營官紳昭忠祠西爲湘軍水師昭忠祠而東祠約分六端一曰咸豐三年金陵城陷滿漢文武殉節之員二曰自癸丑至庚申八載向榮和春營

中陣亡傷亡及病故之員三曰江甯七屬歷年殉難之紳及外籍而寓居金陵遇難之紳本籍而陣亡於外省之紳四曰生平久居金陵大營其後盡節他處如鄧紹良周天受張玉良之類五曰揚州鎮江兩軍皆因圖克金陵而設兩處陣亡傷亡病故之員六曰金陵滿漢婦女不屈而死者別立貞烈祠祀之此同治七年春江督曾公國藩所奏辦也並查事實書立神牌詳盡之規足垂千古

王烈婦

江南鎭江府西門外大圍坊民人趙維興妻眭氏貞
鴉片煙爲業其媳王氏年二十于歸甫一兩載氏夫
常在外姑屢誨淫不從潘道士素與姑往來者貪氏
色賄其姑甲午八月十九日姑引道士匿氏牀側欲
俟就枕污之氏驚覺拒之益堅喊哭聲聞戶外道士
遁去姑憤極以錐刺氏下體殆遍氏閉戶更衣裳上
下縫紉帶傷服生鴉片死次日其母家鳴於官道士
賄之擱驗冤不得雪節未能彰里人爲痛惜之桂丹
盟時宰丹徒爲請於上曰似此操勵冰霜志堅金石

經百折而不辱拚一死以如歸玉出濁流而不變其潔芝生溷厠而自噴其香衆口一辭斷難磨滅寸心千古應發幽潛倘教東海冤沉恐阻三年之雨惟使南山案定可扶一國之風中丞命捕道士鞫之治如律婦得旌於

朝

椒生隨筆卷七終

椒生隨筆卷八

清泉王之春譔

咏雪

予向有咏雪斷句云本色還他天下素窮冬著徧樹頭花後見鮑西圃茂才咏雪有云原來世界都清白始信乾坤無淡濃之句意蓋相類

胡文忠薦賢

胡文忠薦舉賢才疏有云某某均未識面亦無文字往來訪聞既確據實附陳以備 聖明採擇夫用

人行政　朝廷自有其權舉爾所知芻蕘不嫌下問
臣力疾從軍不敢自逸惟恐先犬馬塡溝壑若目覩
時局艱危避忌模稜知而不言負　恩實大云
近日封疆專閫大半皆出公門曾侯相謂爲薦賢滿
天下良不誣也昔東坡與友人書薦黃魯直秦少游
不但以爲後出之秀直以爲天人後二君得以成家
名傳後世東坡之力也彭雪琴宫保謂爲聖賢作用
菩薩心腸英雄手段能令千古文人豪傑一齊下淚
予謂今之胡文忠與昔之蘇文忠豈曰古今人不相

及哉

封岳鄂王敕語

宋甯宗封岳鄂王敕起語云人主無私予奪一歸萬世之公天下有公是非豈待百年而定中有云時屬講好將歸馬華山之陽爾猶奮威欲撫劍伊吾之北遂至樊蠅之集遽成市虎之疑雖懷子儀貫日之忠曾無其福卒墮林甫偃月之計孰拯其冤云云甯宗善補先過然如敕中語使高宗置身何地耶武穆在九泉下知之自必涕零吾輩生千載後讀之亦爲淚

溢

青玉案

予嘗言裘小華侍御詞華粗豪小華一日出示午夜無聊枕上偶成調寄青玉案二闋一變而爲柔曼之音令人擊節不置其詞云夢回枕畔疑風雨忽引逗閒愁緒還省夢中離合趣千般恩愛萬般冤楚一例渾無據西園夜半猶歌舞怎不覺歡娛苦輾轉衾裯天欲曙雞聲淒緊漏聲容與曉色濃於絮其一凝眸漫把歸鴉數却早又霜林暮徙倚畫闌干曲處含情無

語多應有恨早又初更鼓香巢紫燕都飛去定不肯和儂住默誦出山泉水句佳人空谷蕭條修竹秋盡今宵雨 其二

保舉挪格

同治庚午三月曾侯相出任直督保舉十員疏語有云不過表其政績並不稍乞 恩施古來循良之吏或有璽書褒異非必歲歲遷官人人進秩也近世各省保舉浮濫習見不珍該員等雖無獎拔之實而循聲達於 聖聽即光寵逾於華袞等語人謂爲

保舉郴格近見沈幼丹制軍薦舉賢才十二員疏有
兩江急切需才舉其姓名而不敢遽求 恩澤之
語先後同揆若合符節

游侍御疏語

同治庚午正月游侍御百川以雪澤愆期日食遲見
請增修 聖德一摺中有云查道光年間 國家
廣庶富之業內而廷臣外而督撫率以粉飾太平爲
務州縣習於侈汰以能逢迎者爲良吏以多機械者
爲幹員吏治既頹亂機斯伏等語奏奉 諭旨直

言無隱之臣際虛懷納諫之　主爲古來所罕覯
也

金陵城垣考

按查金陵之名始自周末楚威王滅越置金陵邑秦始皇改爲秣陵漢初名鄣郡元封二年改爲丹陽三國時吳王權建都名爲建業西晉末避亂愍帝東渡駐蹕於此王丞相導營建國都於舊城稍加增擴以天子所居禁省爲臺遂稱臺城雞鳴寺北極閣等處即臺城北址也嗣後割據東南如宋齊梁陳皆建國

都隋文帝統一區宇更名蔣州唐初名潤州至德二載置江甯郡乾元元年改昇州五代楊溥時爲金陵府徐知誥名江甯府宋初爲昇州建炎三年改建康府元初爲建康路天歷二年改爲集慶路明初爲應天府成祖以後爲南京雖地名紛更實則皆指爲臺城六朝舊城均近覆舟山去秦淮北約五里許臺城之西爲石頭城即今之鬼臉城孫吳時江在石頭城下爲險要必爭之地初築土塢後因山加甓遂爲石頭城設揚州官廨於其中臺城之東南爲東府城孝文

王道子領揚州牧仍居先舍故俗稱東府卽今逼濟門左右也六朝時太子宮及王侯士大夫府第皆在焉東府石頭皆爲臺城之屏蔽六朝以來凡兵自南入皆先取東府石頭二城自京口來者則直取臺城焉治城在石頭城之南孫吳時王宏茂治爲鼓鑄之所今朝天宮卽其遺址後瑯琊城一名白下城齊武帝以其依山帶江徙金城治於此金城卽前瑯琊城亦名宣武城晉元帝渡江僑立瑯琊郡在上元東北金陵鄉在臺之北今神策門外之石灰山下其故址也晉書蘇峻據石頭城將攻京口晉兵

之屯白下者得聞其集衆鼓聲以相望不及十里故也同夏縣城在東府城之南隅梁武帝生於同夏里置縣爲城以舊宅爲光宅寺今城南飲虹橋孝侯臺即周臺即其故城遺址考之志載臺城北雞鳴寺南之通濟門即別爲東府城臺城之不廣可知故東宮及王侯第皆不居臺城而居東府城世說會稽王遠東府城行散則東府城可以徐步周行其不廣亦可知他如白下城僅屯兵二千石頭城因山爲壘專爲扼江岸之險而設冶城但爲鼓鑄置城不置邑規模之

小可想見矣楊吳度其形勢併合各城從新改築跨
秦淮南北周廿五里建宮城於天津橋北其外城南
盡長干橋西帶冶城石頭城東止今之通濟門北至
北門橋當時迤北西流小水皆截入城濠今之北門
橋及浮橋竹橋大中橋一帶河水卽東北城濠也紹
興渡江仍卽故都稍加修治洪武初因宋元舊城推
而廣之西南就其遺基東自東門截濠闢拓增建南
門二曰通濟曰正陽東北跨雞籠山轉折而西循湖
濱迤邐而北其北從北門橋外包北郭十餘里江甯

縣所屬之舊邨並括獅子山悉爲城內二年九月興築六年八月告成周九十六里共十三門建宮城於東隅順治初改宮城爲駐防城略因其舊西南一帶順治十七年重築起太平門至通濟門東止長九百三十丈連女牆高二丈五尺遂以外城爲江甯府治此則得自吾衡會雲門司馬尋譯江南省志詳備可考

古今同姓名人

古今同姓名人兩賈舉兩曾參兩孔忠魯漢兩毛遂兩

韓信六公孫宏十一王褒劉宏九張良八張敞王吉
三李密張萬福兩劉德父子同名嚴延年漢均兩孫叔敖楚漢
兩朱買臣徐庶漢南北朝兩劉歆新莽兩安屈之魏安同父子兩桓
彝吳晉兩王肅魏後魏兩高湛北魏北齊兩薛收隋唐兩羅靖隋父
子同名 兩李愿李益韓翃均唐兩李煜唐南唐 兩蔡京唐宋兩
張旭唐明兩李之芳唐國朝兩王鐸唐國朝兩陳詵晉國朝 兩
訛可兩韓玉綎三婁室均金兩張載晉宋兩王安國宋國朝
兩脫脫元俺答兩劉江明父子明義子同名 國朝兩于成龍
張鵬翀又楚漢均有虞美人

多忠勇公

多禮堂將軍隆阿戰功卓著身之所臨無不出民水火而秦中百姓尤感戴焉蓋回逆未經鉅創迨數年公入陝後每戰輒斬獲無算諸回畏若天神至以公名怖小兒啼後以捻匪陷盩厔公督隊攻城中礮陣亡民聞之皆巷哭鄉閭多肖像以祀猶山東人之於僧忠王也嘗讀胡文忠與公書云聞兄日夜憂勤又身在礮子中經過甚爲馳念兵事貴乎審機以待戰尤貴蓄銳以待時大將自臨城下四五十步縱不自

譬如軍事何如國事何且吾鬭臨陣而不避矢石不避槍礮謂之勇未聞城下仰攻我動彼靜我勞彼逸我無備彼有準從礮子經過而謂之勇也天下强兵良將本不易得若再不自尊重則東南半壁何以支持云云公卒坐此病以罹於難文忠其知言哉公籍滿洲謚忠勇

論三督撫

胡文忠致曾侍郎云林翼嘗笑崑臣爲督葉名琛督兩廣而不知粵西爲何人所轄根雲爲督何桂清督兩江而割皖南

濟皖北并割江北其失機在推諉不肯任事福元修以皖北之撫而割南岸以予浙江又割淮北以予公路宜其日蹙百里而軍政日非也葉何名節不終福則再起爲定邊將軍論得坐病之本并非刻以繩人也

魯竹亭詩

詩貴有性靈有寄託若徒作門面語味同嚼蠟而已張仲軒誦其友人與魯竹亭孝廉棫詩云深紅淺白雨中鮮雨太多時花可憐但乞春陰不乞雨兒家門

巷海棠天又游仙斷句二韻玉皇昨夜論勳伐香案仙官賜福多聞道劉安朝帝闕一朝雞犬盡同升輿比之遺風味雋永

癡人莫若英雄

嘗讀甌北詩有英雄大抵是癡人之句又讀劉省三爵帥詩有云高官足榮貴身後何所有李廣若封侯至今猶在否因憶小說石頭記中有歌語云古來將相在何方荒塚一堆草沒了措詞異而用意同是則千古癡人莫英雄若也然使英雄而不癡非爲山林

之眞隱卽爲廊廟之大好矣

走作

俗語有曰走作者失也又如釀製洩氣而變壞之謂

昔朱子在同安夜聞鐘鼓聲聽其一聲未終而此心已自走作則宋時遂有此語出於朱子口中便合理學精義

詩文集

趙雲松先生云有以明人詩文集二百餘種來售余所知者不及十之二三文人仰屋著書不數百年終

歸湮沒古今來如此此者何限因有準擬驚人都有句誰知點鬼也無名之句又以近日刻詩集者又十數家戲題有云後代時逾前代久今人傳比古人難又閱近人詩稿戲題云名士求名氣力殫到頭不出百年間那知世世有神通大臥作長河立作山夫功德不足傳而欲藉雕蟲小技以壽世直是苦心無如爝火之光雖照不遠可勝喟然先命匠刷印詩集之作有云恨不借祖龍火燒盡好詩獨賸我恨不借黃虎刀

明史流賊傳　殺盡才士讓我豪大可借以自解又先生刻

集時咏云書有一卷傳亦抵公卿貴固自負亦自信也然而傳之一字談何容易

消息信息

消息信息同義皆俗語也諸葛恪圖合肥新城城中遣士劉整出圍傳消息見三國志王子眞侄期曰正叔欲來信息甚大嵩前隱者董五經謂明道曰先生欲來信息甚大見二程外書

題畫松

興化李復堂孝廉鱓善畫自題五松圖云寻以直者

比之大臣禿者比之名將一側一臥似蛟似龍蒲團之松或仙或佛復堂在揚州八怪之列涉筆均有怪氣然其天趣不可及也

詠被中繡鞋

雲裏蟾鉤落鳳窩玉郎沉醉也摩挲陳王當日風流減只向波心見襪羅此唐夏侯審詠被中繡鞋也詩集不傳惟此一絶及織錦圖君承皇詔安邊戍一歌而已余亦戲仿其七絶云顛倒鴛鴦蜀錦偎合懽牀上夢初回幾曾蓮步輕移動着向西廂立月來

曲成人才

滇督劉公嶽昭疏劾川督吳公棠經李少荃爵相遵旨查辦奏言劉嶽昭傳聞失實率行彈劾大員惟以時事多艱人才難得蒙恩嚴行申飭山東兗沂曹濟道長賡捕拿博匪濫刑斃命以長爲東省必不可少之員蒙恩革職留任賈侍御瑚以申飭不足以昭炯戒革留不足以蔽處分奏請另議重辦奉旨所奏不爲無見惟未悉朝廷曲成人才之意著毋庸議見同治八年十月二十五日邸抄

丹心萬古

同治八年天津捐建科爾沁親王僧忠王專祠蒙

御賜丹心萬古匾額　天語褒崇幾與關仁勇

齊驅並駕矣薄海臣民能無觀感

春秋屬辭辨例

庚午十月夏公同善等進呈春秋屬辭辨例八十卷

爲浙江前內閣中書張應昌所著奉　旨留覽春

秋大旨曰事曰文曰義屬辭辨例三者所以數其事

顯其文因以著其義也蓋不必立例而義自見屬辭

可賅比事原本宋儒兼及衆說間附按語搜羅四百餘家之多研求數十餘年之久而始成是書也中翰舉嘉慶庚午鄉科前歲例得重宴鹿鳴年已八十又八矣

臘底庚申

俗以冬至後逢庚申日爲臘底庚申凡婚嫁喪葬不必諏吉多不可用之先大夫信地師言葬我先曾王父母遂用此日乃大不利深自疚悔時舉爲戒爰附記於此以爲後車之鑒

直隸水災

辛未夏秋直隸大水順天保定天津河間境內有成爲澤國者自保定至京師須用舟楫乃數百年來罕見之災李伯相截留南漕二萬石以賑然黃河漸歸故道北方水患恐難免歟

鑄奸

張睢陽廟鐵鑄賀蘭進明鄂王廟鐵鑄秦檜王氏万俟卨張俊河南增鑄王貴陳太學祠鐵鑄汪伯彥黃潛善少快千古人心康書臣讀史詩云剛腸盛德爲狂狷志

大才疎笑史官曲阜擬添北海廟也將白鐵鑄曹瞞予謂楊忠愍祠宜鑄嚴嵩于忠肅祠宜鑄徐有貞石亭雎陽廟添鑄許叔冀表忠懲奸方更快人

海運

海運漕糧取其速而簡便也後因黃河水歸故道運路不通遂歲以糧米航海由津運京擳自元之朱清張瑄本朝至道光間乃屢行之今則著爲定章無復河運之議光緒紀元四月劉侍御瑞祺以河運暫停由於運道艱阻奏請復行河運依時舉行以復向章

而維久遠一疏有云臣查上年前督臣李宗羲等奏將江北漕米改歸海運原聲明俟山東治河事定即復向章誠以奏改海運者權宜之議酌復河運者經久之模也而臣竊有慮者李宗羲等奏陳江蘇山東境內漕船難運情形皆以黃水南趨爲害本年山東撫臣丁寶楨督辦隄工實爲不避艱勞而於南趨溜勢能否全行挽救尚未可知設使黃流別繞仍盆南趨一則淮揚瀕受其患欲爲屏蔽之計祗有堵閉一法而江蘇境內之艱阻如故也一則北流之水愈少

濟甯以北難以藉資浮送而山東境內之艱阻如故
也治河未有定局來年雖欲復河運奚可得哉昔孟
子云山徑之蹊間介然用之而成路爲間不用則茅
塞之矣今日以艱阻之故而停河運此後恐因停河
運之故以致各工棄弛節節淤塞而艱阻日甚一日
是數百年之運道自此馴就湮廢也是南北之氣脈
自此隔而不通也況乎海運非可常恃本年運糧輪
船聞有沉覆之患向之樂其便者將來恐咸憚其險
若不先事籌防於河運力求擴充之道何以重倉儲

耶臣明知河工辦理之難經費之絀而度勢審時急務莫先於此應請　飭下管河諸臣速查全河形勢統籌疏治爲來年復行河運地步等語奉　旨報可憶少陵後出塞詩有云漁陽豪俠地擊鼓吹笙竽雲帆轉遼海粳稻來東吳則海運自唐始也

箴言

人生不外動靜二字靜無不動一定之理也動而能靜則存乎一定之心矣每於此下工夫而未之逮因摘箴言與靜字一一符合者常留座右亦顓孫書紳

之意也敬錄於后天地間眞滋味惟靜者能嘗得出
天地間眞機括惟靜者能看得透灑脫是養心第一
法謙退是保身第一法安靜是處事第一法涵容是
待人第一法自處超然處人靄然無事澄然有事斬
然得意淡然失意泰然有才而性緩定屬大才有勇
而氣和斯爲大勇有作用者氣宇定是不凡有受用
者才情決然不露意麤性躁一事無成心平氣和千
祥駢集以和氣迎人則乖沴滅以正氣接物則妖氛
消以浩氣臨事則疑畏釋以靜氣養身則夢寐恬觀

操守在利害時觀度量在喜怒時觀存養在紛華時觀鎮定在震驚時寡慾故靜有主則虛大事難事看擔當逆境順境看襟度臨喜臨怒看涵養羣行羣止看識見

電報

西人以藥物製銅線能發電氣曰電線縣長萬里傳遞信息數刻可達謂之電報其線如達水程裹以象皮周圍將鐵線護之再以膠漆外塗沈亘浸中陸路則排列大柱線架其上至遞報之法彼此線尾各置

針盤一具列二十六字母此擊彼應此處針指某字母彼處亦指某字母由字母配合數目號碼一號配一字共六千八百九十九號配六千八百九十九字刊成一書曰電報新書所報皆號碼有書即可檢查行棧家有秘密信可將號數暗訂兩地心照謂之金匙開鎖則局外人不知作何語矣

毛詩註

論語云鄭聲淫謂其聲之淫非謂其詩也非鄭衛之詩無一不淫也要知聲詩自有分別至朱子註詩一

則曰淫奔之詩再則曰男女相贈未免臆度余誦毛詩感賦一絶云諷誦篇章動我疑世間難事數佳期如何鄭衛淫奔者情到濃時儘作詩見者失笑

怪魚

李漘風感應經云河有怪魚乃名爲鰐其身已朽其齒一作此即鰐魚也南州志云斬其首乾之椓去其齒而更復生余上年駐軍北塘海口有漁者舉網甚重收視之乃一水族而獅形者目怒聲吼遍身鱗甲雖海濱老漁莫能詳其種類遂出貲囑漁者仍送之

海似有知識翹首者三若拜揖然殆大海之中無所不有不必少見多怪也

老萊子

可食以酒肉者可加以鞭捶可授以官祿者可隨以斧鉞此老萊子語也人生在世自有衣祿與人無爭與世無求可也而乃攖心富貴自取束縛何不將萊子數語往復玩味耶又況天空鳥飛海闊魚躍人而酒食官祿之是鶩將鞭捶斧鉞其奚辭直魚鳥之不若矣噫

罡風匣

洋人有罡風匣者高尺許四方如斗以匙啟之劃然出一凸玻璃中空無物少頃則玻璃色漸白下開小穴納一活麻雀雀初入猶在匣底跳躍漸飛高近白氣若力不勝而又不能已者旋卽渺然未幾蓋自闔內有風歸穴聲殊振厲駭疾也復啟小門以銅管吹之但見毛出如綴而已罡風在天凡血肉之軀皆不能禦不知洋人何術取得之也

地形如肺

大地之土環北冰海而生披離下垂如肺葉凹凸參差不一其形泰西人分為四土地球東半之土相連曰亞細亞曰歐羅巴曰阿非利加地球西半曰亞墨利加中華僅得亞細亞四分之一耳

椒生隨筆卷八終